Die Drachenfamilie

Lochguard Highland Drachen
Buch 5

Jessie Donovan

Mythical Lake Press, LLC

Bücher von Jessie Donovan

Die Stonefire-Drachen

Dem Drachen geopfert

Den Drachen verführen

Die Drachen offenbaren

Den Drachen heilen

Den Drachen wiedererwecken

Vom Drachen geliebt

Dem Drachen ergeben

Vom Drachen geheilt

Dem Drachen helfen

Den Drachen finden

Vom Drachen ersehnt

Den Drachen überzeugen - erscheint demnächst

Lochguard Highland Drachen

Das Dilemma des Drachen

Der Drachenwächter

Das Drachenherz

Der Drachenkrieger

Die Drachenfamilie

Die Entdeckung des Drachen - erscheint demnächst

Stonefire Drachen Universum

Skyhunter gewinnen - erscheint demnächst

Die Stonefire Drachen und Lochguard Highland Drachen Serien sind miteinander verflochten. Da so viele Leser nach der Lesereihenfolge fragen, habe ich sie in dieses Buch aufgenommen. (Diese Liste gilt ab Januar 2025.)

Dem Drachen geopfert (Stonefire Drachen #1)

Den Drachen verführen (Stonefire Drachen #2)

Die Drachen offenbaren (Stonefire Drachen #3)

Den Drachen heilen (Stonefire Drachen #4)

Den Drachen wiedererwecken (Stonefire Drachen #5)

Das Dilemma des Drachen (Lochguard Highland Drachen #1)

Vom Drachen geliebt (Stonefire Drachen #6)

Der Drachenwächter (Lochguard Highland Drachen #2)

Dem Drachen ergeben (Stonefire Drachen #7)

Das Drachenherz (Lochguard Highland Drachen #3)

Vom Drachen geheilt (Stonefire Drachen #8)

Der Drachenkrieger (Lochguard Highland Drachen #4)

Dem Drachen helfen (Stonefire Drachen #9)

Den Drachen finden (Stonefire Drachen #10)

Vom Drachen ersehnt (Stonefire Drachen #11)

Die Drachenfamilie (Lochguard Highland Drachen #5)

Skyhunter gewinnen (Stonefire Drachen Universum #1) - erscheint demnächst

Die Entdeckung des Drachen (Lochguard Highland Drachen #6) - erscheint demnächst

Kapitel Eins

F inlay Stewart starrte sein E-Mail-Konto an und versuchte, die Anzahl von Nachrichten im Ordner „familienbezogene Beschwerden" zu ignorieren.

Einundfünfzig!

Einundfünfzig Nachrichten in der vergangenen Woche – von Clanmitgliedern, die Bedenken oder Beschwerden über seine drei Cousins äußerten: Faye, Fraser und Fergus MacKenzie. Ihr jüngstes Verhalten zeigte einmal mehr, welch zähmenden Einfluss ihre Mutter – seine Tante Lorna – auf ihre Brut hatte.

Doch Tante Lorna war seit über einer Woche mit ihrem menschlichen Gefährten Ross in sehr verspäteten Flitterwochen. Und kurz darauf war das Chaos ausgebrochen.

Sein Drache grunzte. *Es ist kein Chaos. Nur ein paar Vorfälle, mit denen du bei unseren Cousins rechnen solltest. Wären wir nicht Clan-Anführer, würden dir wahrscheinlich selbst ein paar Dinge einfallen.*

Aber ich bin nun mal der Clan-Anführer. Was bedeutet, dass ich die Dinge regeln muss.

Ein kurzer Anruf von Tante Lorna würde alles wieder in Ordnung bringen.

Da er nicht vorhatte, seine Tante anzurufen und sie zu bitten, ihren Urlaub zu verkürzen, ignorierte er sein Tier und konzentrierte sich auf die Mails. Er klickte auf die neueste von Sylvia MacAllister, in der es um Faye ging, und las:

Fayes letzte Auseinandersetzung in meinem Restaurant ging weit über das hinaus, was gesellschaftlich akzeptabel ist. Sie hat gebrüllt, einen Teller nach ihrem Gefährten geworfen und ist schließlich rausgestürmt. Ich verstehe ja, dass sie schwanger ist, und sie ist auch die Freundin meiner Tochter, aber wenn sie so weitermacht, habe ich bald überhaupt keine Kunden mehr.

Faye war seine jüngste Cousine und schon immer die temperamentvollste seiner Verwandten. Doch in den letzten Wochen hatte ihre Schwangerschaft sie in der Anwesenheit ihres Gefährten Grant geradezu explosiv gemacht.

Und wenn man bedachte, dass Sylvia die Mutter der fünf MacAllister-Geschwister und Tochter des berüchtigten Unruhestifters Archie war, musste Fayes Auftritt im Restaurant wirklich beeindruckend gewesen sein, wenn eine Beschwerde dafür angebracht war.

Sein Drache meldete sich zu Wort. *Sprich mit Fayes Gefährten. Er ist der Einzige, der das Ruder herumreißen kann.*

Er hat zu tun. Außerdem sollte sie auf mich hören. Ich bin Familien- und Clanführer.

Klar, denn Faye hat ja auch in der Vergangenheit immer auf uns gehört, nur weil wir gesagt haben, dass sie es tun muss.

Finn würdigte seinen Drachen keiner Antwort und wandte sich einer Mail mit der Betreffzeile zu: Fergus MacKenzie hat einen weiteren Kontakt verloren. Er las:

Fergus ist heute nicht zur Arbeit erschienen und hat dadurch ein wichtiges Telefonat mit einem der Kontakte unseres Clans verpasst. Ein Beschützer erwähnte, ihn heute Morgen in den Sonnenaufgang fliegen gesehen zu haben. Ich weiß nicht, was los ist, aber das ist schon das dritte Mal diese Woche, dass er ohne ein Wort davongeflogen ist. Wenn er so weitermacht, muss ich ihn ersetzen.

Fergus arbeitete als Geheimdienstanalyst für den Clan Lochguard. Normalerweise war er ein vorbildlicher Angestellter, immer der Erste, der morgens kam, und er erledigte die Arbeit von zwei Männern in der gleichen Zeit, die ein durchschnittlicher Angestellter nur für seine brauchte.

Fergus wehrte sich jedoch schon seit Monaten gegen einen Gefährtenrausch, damit seine menschliche Gefährtin Gina sich nach der Geburt ihres Sohnes erholen konnte.

Sein Drache schnaubte. *Warum hört er nicht auf Gina? Sie sagt, sie sei bereit, sobald jemand für die Dauer des Rausches auf den kleinen Jamie aufpassen kann. Tante Lorna hat es mehrmals angeboten.*

Fergus hat immer geglaubt, es besser zu wissen, vor allem, wenn es darum geht, diejenigen zu beschützen, die er liebt. Seine Paarung ist noch neu, und mit einem Baby von Anfang an hatten sie wahrscheinlich nicht so viel Zeit, einander kennenzulernen wie wir und Ara.

Arabella MacLeod war Finns Gefährtin und Mutter ihrer kleinen Drillinge.

Sein Tier grunzte. *Dann sprich mit ihm. Du bist der Einzige, auf den Fergus bei solchen Angelegenheiten hört, außer Tante Lorna.*

Ich habe es versucht, ebenso wie Fraser. Ich muss die Situation wohl mit Ara besprechen. Sie hat immer gute Vorschläge, wie man mit meinen Cousins umgehen muss.

Bei der Erwähnung von Arabella hielt Finn inne und lauschte auf das kleinste Geräusch eines Säuglings. Die Stille sagte ihm jedoch, dass die Drillinge und seine Gefährtin noch schliefen. Er musste also so viel Arbeit wie möglich erledigen, solange er die Chance hatte.

Wenn es eine Sache gab, die sein neues Vatersein ihm gezeigt hatte, dann, dass er in der Vergangenheit viel Zeit vergeudet hatte. Aber jetzt nicht mehr.

Denn je mehr er verschwendete, desto weniger Zeit hatte er mit seiner Gefährtin und seinen Kindern.

Da er aktuell einen Weg finden musste, seine Cousins zu zügeln, klickte er auf noch eine Mail, in der es um seinen letzten Cousin Fraser ging. Sie kam von der Chefärztin des Clans, Dr. Layla MacFie:

Fraser verbringt jeden Moment damit, Holly hinterherzulaufen. Holly war Frasers menschliche Gefährtin. *Ich weiß ja, dass sie im achten Monat schwanger ist und Zwillinge erwartet, aber ich überprüfe ihre Gesundheit täglich – ihre und die der beiden Kleinen. Holly ist gesund und wartet nur darauf, dass ihre Babys geboren werden. Und da wir immer noch versuchen, mehr Personal für die Krankenstation zu finden, brauche ich Hollys Hilfe mehr denn je. Gibt es sonst nichts, was Fraser tun sollte? Ich will ihn nicht mehr auf meiner Krankenstation haben.*

Mit einem Seufzen lehnte Finn sich in seinem Stuhl zurück. Frasers jüngstes Großprojekt zur Planung und Überwachung des Baus einer Lagerhalle für den Clan war in den letzten Wochen abgeschlossen worden. Finn ging davon aus, dass andere Leute schon Schlange standen für einen von Frasers Entwürfen, da er einen einzigartigen und gefragten Stil hatte. Warum, verflixt nochmal, verschwendete er also die Zeit, die er vor der Geburt seiner Kinder noch hatte, damit, Holly hinterherzulaufen?

Sein Drache sagte in fast gelangweiltem Ton, *Du*

weißt doch von Hollys Fehlgeburt bei ihrem ersten Kind. Er ist nervös.

Aber die Kleinen sind fast fällig. Verdammt, Holly ist mehr überwacht worden und hatte mehr Untersuchungen als Arabella, und sie hat drei Kinder bekommen.

Trotzdem haben die beiden den Verlust nicht überwunden. Vielleicht wäre es das Beste, alle zum Abendessen einzuladen, sobald wir mit Ara unser weiteres Vorgehen besprochen haben. So können wir alles auf einmal angehen. Und wenn wir die Türen verschließen, können sie auch nicht so leicht abhauen.

Aye, und wir auch nicht.

Er hörte die ersten Laute eines seiner Kinder über das Babyfon. Finn stand auf und sprach im Gehen weiter mit seinem Drachen, *Arabella kommt besser mit wenig Schlaf aus und wird wahrscheinlich eine andere Idee haben, als jedem eine Kopfnuss zu verpassen. Obwohl Ara das im Handumdrehen tun würde, falls erforderlich.*

Sein Tier schnaubte. *Also, statt Tante Lorna, erlaubst du es jetzt deiner Gefährtin, deine Familie in Ordnung zu bringen?*

Wir machen das gemeinsam. Die MacKenzie-Geschwister sind wie meine Brüder und Schwester, und wenn die Ältesten den anderen sagen, was sie machen sollen, funktioniert das normalerweise nicht.

Finn betrat eins der beiden Kinderzimmer, die sie für ihre Kleinen benutzten. Um Arabella zu helfen und trotzdem seinen Clanführerpflichten nachzukommen, legten sie die Jungs am Tag oft in einen Raum und Freya in einen anderen. So saß seine Gefährtin nicht mit allen drei Kindern fest.

Er und Arabella kümmerten sich abwechselnd um das bravste Baby – ihre Tochter – und die eineiigen Zwillingsjungen. Heute war Finn an der Reihe mit Freya.

Seine einzige Tochter lag in ihrem Kinderbett, machte leise Geräusche und ruderte mit den Armen. Finn hob sie hoch und schmiegte sie an seine Brust. Nachdem er ihren blonden Kopf geküsst hatte, sagte er: „Genau wie Mummy, nicht wahr? Mit aufgerissenen Augen hellwach, nach der geringsten Menge an Schlaf."

Freya schlug nur ihre Hand gegen seine Brust.

Mit einem Lächeln brachte er die Kleine zum Wickeltisch. Obwohl sie sich wand und versuchte, vom Tisch zu springen, gelang es Finn, ihre Windel zu wechseln. Als er damit fertig war, hob er ihr Oberteil an und pustete auf ihren Bauch. Freya quietschte, also machte er es nochmal.

Arabellas Stimme erklang hinter ihm. „Kein Wunder, dass du so lange brauchst, um sie zu holen."

Er sah Arabella über seine Schulter lächeln, ein Sohn in jedem ihrer Arme. „Aye, nun, ich muss mich ja auch nicht beeilen und mir Sorgen machen, dass einer der kleinen Jungs mich beim Wickeln anpieselt."

„Wenn ich mich recht erinnere, hast du gelacht, als es mir das erste Mal passiert ist."

Er nahm Freya hoch, trat an die Seite seiner Gefährtin und schlang seinen freien Arm um sie und seine Söhne. „Damals war es ja auch lustig. Aber jetzt schwöre ich, die Jungs benutzen mich ständig für ihre Zielübungen."

Arabella schnaubte. „Sie kommen nach ihrem Vater, nach dem, was ich so gehört habe."

Er beugte sich hinunter und küsste seine Gefährtin sanft. „Und du würdest es nicht anders haben wollen."

Während er in ihre braunen Augen starrte und seine Familie an sich drückte, wünschte sich ein Teil von Finn, er könne sie für einen Urlaub auf die Isle of Skye entführen, wo Lochguard einige geschützte Trainingsflächen hatte, die gelegentlich als Feriencottages genutzt wurden. Nichts würde ihm besser gefallen als eine Woche mit seiner Familie, ohne irgendwelche Verpflichtungen.

Bis jedoch die Bedrohung durch Drachenjäger und Drachenritter verbannt war, konnte er es nicht riskieren, Lochguard ungeschützt zu lassen.

Der Sohn, von dem sie dachten, er käme von seiner Persönlichkeit her am meisten nach ihm, Declan, quietschte direkt in Finns Ohr. Er richtete seinen Blick auf den Jungen mit den dunklen Haaren und Augen wie Arabellas und zwinkerte. „Ich weiß, dass jeder meine volle Aufmerksamkeit will, aber versuchen wir doch, mich nicht so früh taub werden zu lassen, aye?"

Arabella schüttelte den Kopf. „Er ist erst ein paar

Monate alt. Ich bin mir sicher, dass er das Konzept von Taubheit noch nicht versteht."

„Ah, aber all meine Kinder werden klug und mutig sein, also sehe ich keinen Grund, sie anders zu behandeln."

Sie hob eine Braue. „Sollten wir das einer Bewährungsprobe unterziehen? Ich kann gern für den Tag ausgehen und es dir überlassen, dich um alle drei zu kümmern. Mit deinen vermeintlichen Babyflüstererqualitäten sollte es ein Kinderspiel für dich sein."

„Ich könnte es schaffen."

Arabella schnaubte. „Verdammt sturer Drachenmann." Sie rutschte ihren anderen Sohn, Grayson, zurecht. „Aber genug davon. Ich merke, dass dir was durch den Kopf geht, Finn. Was ist es?"

Freya steckte die Faust in ihren Mund und kaute mit ihrem zahnlosen Zahnfleisch an ihren Knöcheln. „Während du die Kinder fütterst, erkläre ich es dir."

Er zeigte auf den Wohnbereich, und sie machten sich auf den Weg. Arabella legte einen Sohn und dann den anderen in ihre federnden Babysitze, dann zog sie nacheinander bei beiden die Gurte fest.

Grayson runzelte sofort die Stirn. Sie stupste beiden die Nase an. „Na, na, ich weiß, du liebst Mummy am meisten, aber gib Daddy eine Chance."

Finn übergab Freya an ihre Mutter. „Sie mögen dich nur am meisten, weil du die Nahrungsquelle bist."

Arabella ließ sich auf der Couch nieder, hob ihr

Oberteil hoch und öffnete ihren Still-BH. Sobald sie Freya angelegt hatte, sah sie Finn mit gehobenen Augenbrauen an. „Meine Brüste werden nie wieder dieselben sein. Ich hoffe doch sehr, dass sie mich am meisten mögen."

Er ging zu Arabella, um ihre Wange zu streicheln, aber Grayson wählte diesen Moment, um zu weinen.

Er öffnete den Gurt, nahm seinen Sohn heraus, schaukelte ihn sanft und sagte: „Na, na, Gray. Ich weiß ja, dass du Hunger hast, aber ich muss Mummy sagen, dass sie schön ist." Er sah zu Arabella auf und genoss den Anblick seiner Tochter und seiner Gefährtin. „Beide meine Mädel sind wunderschön."

Eine Röte schlich sich auf Arabellas Hals. „Finn!"

„Es ist wahr." Grays Schreie verstummten, und er küsste die Stirn seines Sohnes. „Und eines Tages hilfst du mir, sie zu beschützen, Gray."

Sein Sohn griff nach Finns Gesicht und grub seine scharfen, kleinen Nägel in seine Haut. Finn lehnte sich einen Bruchteil zurück. „Ich weiß, du zeigst mir nur, dass du bereit bist, die Familie zu beschützen, aber versuch, deinem Dad nicht dabei wehzutun, aye?"

Er hörte Arabella flüstern: „Du wirst auch helfen, die Familie zu beschützen, Freya. So sehr Drachenmänner gern denken, sie sollten die Einzigen sein, die unsere Sicherheit gewährleisten, so beschützen wir auch diejenigen, die wir lieben.

Deine Tante Faye wird dir schon früh Unterricht geben, da bin ich mir sicher."

Finn hielt Gray an sich gedrückt, hüpfte auf seinem Platz und begegnete wieder Arabellas Blick. „Apropos Faye, Tante Lornas Abreise verursacht mehr Probleme, als ich erwartet hatte." Er erläuterte die Situation mit seinen Cousins, bevor er fortfuhr: „Fällt dir was ein, was man außer Ermahnen noch machen kann?"

„Du hast doch jeden Tag mit sowas zu tun. Warum fällt es dir bei der Familie so schwer? Wenn Tristan sich wie ein Arschloch benimmt, würde ich es ihm sagen."

Tristan war Arabellas älterer Bruder, der im Clan Stonefire in Nordengland lebte. Obwohl er nicht der freundlichste aller Schwager war, bewunderte Finn viel an dem Drachenmann. „Aye, nun, dein Bruder ist ja auch ein besonderer Mann. Ich glaube, das würde ihm jeder sagen."

Sie hob eine Braue. „Lass uns das auf die Liste der Dinge setzen, die ich ihm beim nächsten Gespräch sagen muss."

Er seufzte. „Ara ..."

„Okay, okay. Wenn es nicht Faye, Fraser und Fergus wären, was würdest du tun?"

Er zögerte nicht. „Jeden in mein Büro zitieren und ihre Probleme besprechen."

Sie nickte. „Genau. Also, warum machst du das nicht?"

„Weil sie Faye, Fraser und Fergus sind. Ich bin

17

nur ihr Cousin. Aye, sie werden zuhören, wenn es eine Notsituation ist, aber ich bin mir nicht sicher, ob das dazuzählt."

„Wenn der Clan anfängt, an deinen Führungsqualitäten zu zweifeln, dann schon."

Wieder typisch Arabella, die Wahrheit ohne Zuckerschicht auszusprechen.

Das war einer der vielen Gründe, weswegen er sie liebte.

Declan schaukelte in seinem federnden Sitz auf dem Boden, und trotz des Gurts um seine Mitte war er nahe daran, an der Seite hinauszurollen. Finn setzte Grayson schnell in den Laufstall und hob seinen anderen Sohn heraus. „Lern zu laufen, Dec, dann musst du nicht in diesen verdammten Dingern liegen."

Declan machte nur eine riesige Speichelblase.

Als er die Augen zusammenkniff und ein lustiges Gesicht machte, sagte Finn: „Siehst du? Die Familie findet mich nicht einschüchternd." Arabella neigte nur den Kopf, und er fügte hinzu: „Aber ich kann einschüchternd sein. Sogar beängstigend."

Sie brach in Lachen aus und lachte noch eine ganze Minute lang weiter. Freya hörte sogar auf zu essen und fing an zu jammern.

Arabella riss sich zusammen und entschuldigte sich bei Freya. Sobald ihre Tochter wieder aß, sagte Arabella: „Beängstigend zu sein, ist nichts für dich, Finn, und das weißt du. Du bist gut darin, andere dazu zu bringen, dir zu helfen, aber nicht durch Einschüchterung."

„Vielleicht", grummelte er.

Sie blickte auf Freya hinab, die mit dem Essen fertig war. Als sie ihre Tochter in eine sitzende Position auf ihrem Bein stützte und ihr sanft auf den Rücken klopfte, sagte sie: „Daddy versteht nicht, wie charmant er ist. Ich gebe es vielleicht nicht oft zu, aber das ist einer der Gründe, warum ich ihm erlaubt habe, mich überhaupt zu küssen." Sie sah zu Finn. „Aber wenn du dir dieses Kompliment zu Kopf steigen lässt, das garantiere ich dir, wirst du einen Monat lang Zwillingsdienst haben, und ich werde sie ermutigen, dich als Zielscheibe zu benutzen."

„Nun, da ich so charmant bin, kann ich dir das vielleicht ausreden ..." Arabella kniff die Augen zusammen, und er lachte. „Ich werde diese Theorie aber vielleicht erst später testen. Der Arzt sollte mir in den nächsten Wochen grünes Licht geben, und ich habe absolut vor, unseren Nachwuchs meiner Tante aufs Auge zu drücken und dich eine ganze Nacht für mich zu haben."

Freya machte ein Bäuerchen, und Arabella hielt sie Finn hin, um die Babys auszutauschen. Sobald sie Declan essen ließ, begegnete sie wieder seinem Blick. „Wenn du Sex willst, weißt du, was du tun musst. Ich werde keine weiteren Kinder mehr bekommen."

Sein Drache schnaubte. *Warum müssen wir an uns rumschneiden lassen? Dafür ist doch Verhütung da.*

Aye, aber das ist keine Garantie.

Finn antwortete: „Ich werde mich zuerst um meine Familie kümmern."

„Du weißt schon, dass es drei Monate dauert, bis es voll wirksam ist?"

„Aye, aber ich war ein wenig beschäftigt."

Ihr Gesicht wurde weicher. „Ich weiß. Wenn du es getan hast, lasse ich dir ein bisschen Spielraum, vorausgesetzt, wir tun alles, um eine weitere Schwangerschaft zu verhindern. Ich schätze all die Hilfe, aber drei sind schon eine Menge. Ich kann mir nur allzu gut vorstellen, wie sie sein werden, wenn sie älter sind."

„Besonders, wenn sie nach deinem Bruder kommen."

„Ich mache mir eher Sorgen darum, dass sie nach dir und deinen Cousins kommen. Die Geschwister Stewart werden Chaos anrichten, wie die Welt es noch nicht gesehen hat."

Er lächelte. „Ich dachte, du magst keine Übertreibungen?"

„Normalerweise. Aber in diesem Fall ist es vielleicht keine."

Als Freya eindöste, legte Finn sie sanft auf den federnden Sitz und schnallte den Gurt um sie. „Ich werde so schnell wie möglich einen Termin mit Layla vereinbaren." Er stand auf und fuhr sich mit der Hand durchs Haar. „Was soll ich jetzt mit meiner Familie tun?"

„Sprich mit ihnen, Finn. Ehrlichkeit kann viel

bewirken. Und wenn das nicht funktioniert, gib ihnen Befehle. Das ist es, was Clanführer tun."

Er tippte sich mit der Hand gegen den Schenkel. „Es könnte helfen, wenn wir sie hierher einladen und du mich unterstützt. Es von zwei Leuten zu hören ist vielleicht überzeugender."

„Vorausgesetzt, du kannst Meg Boyd zum Baby-sitten überreden, dann helfe ich dir."

Meg Boyd war Tante Lornas Freundin/Feindin und wohl die größte Klatschbase von Lochguard. „Wenn sie sich jemals von ihren beiden Männern losreißen kann …"

Arabella schmunzelte. „Oh, du weißt, dass der ganze Clan das genießt. Wenn jemand zwei Männer an der Nase herumführen und eine feste Beziehung hinauszögern kann, dann Meg."

„Das einzig Gute daran ist, dass Archie und Cal einen vorübergehenden Waffenstillstand deswegen geschlossen haben."

Archie und Cal waren Nachbarn, die sich normalerweise gegenseitig sabotierten, indem sie Schafe stahlen oder Steine auf die Scheunen des anderen warfen. Sie nahmen enorm viel von Finns Zeit in Anspruch, da er ein- oder zweimal pro Woche auf beide Seiten hören und Entscheidungen treffen musste.

Oder es zumindest hatte tun müssen. Er hoffte insgeheim, Meg Boyd würde sie auf absehbare Zeit beschäftigt halten und Finn viele Kopfschmerzen ersparen.

Arabella schnaubte. „Nun, da sie mit derselben Frau schlafen, müssen sie einen Waffenstillstand vereinbaren oder riskieren, Meg zu verletzen. Die interessantere Frage ist, ob sie zusammen mit ihr schlafen oder ob Meg den einen und dann den anderen genießt."

„Das, meine liebe Ara, ist etwas, das ich lieber nicht wissen möchte."

„Ich hätte dich nicht für prüde gehalten."

„Wenn es um Meg Boyd geht, denke ich gern, dass sie ein asexuelles Wesen ist, das nur lebt, um unerbetene Ratschläge zu geben. Jetzt lass uns unseren zweiten Jungen füttern und das Familienessen arrangieren."

Als sie damit fertig waren, sich um ihre Kinder zu kümmern, begann Finn, den nächsten Abend mit seinen Cousins und deren Gefährten zu planen. Arabella hatte recht, wie üblich. Er musste ehrlich sein und die Fakten auf den Tisch legen.

Sein Drache meldete sich zu Wort. *Viel Glück dabei! Achte darauf, alle Sachen von Wert in Sicherheit zu bringen.*

Sie werden bestimmt nicht anfangen, mit zerbrechlichen Sachen um sich zu werfen.

Bist du dir sicher, dass du sie überhaupt kennst?

Jetzt, da Holly und Faye beide schwanger sind, wird jeder ein bisschen vorsichtiger sein.

Wenn sie nicht schreien und Holly so erschrecken, dass bei ihr die Wehen einsetzen.

Da Finn nicht an all die Möglichkeiten denken

wollte, wie das Abendessen schiefgehen könnte, zog er Arabella an seine Seite und berührte ihre Wange. „Ich liebe dich, Ara."

Sie sah ihm in die Augen. „Was willst du?"

„Nichts." Er schmiegte seine Wange an ihre. „Ich sage es nur nicht oft genug."

Bevor sie ihn weiter befragen konnte, küsste er sie. Als er den Mund seiner Gefährtin schmeckte und streichelte, vergaß Finn vorübergehend den Rest seiner Probleme. Egal, was passierte, er würde immer Arabella und seine Kinder haben. Und am Ende des Tages war das der größte Gewinn von allen.

Kapitel Zwei

Am nächsten Abend betrat Arabella MacLeod ihr Esszimmer und nahm leise Platz. Wie die MacKenzies es oft im Haus eines Familienmitglieds taten, ignorierten sie jeden um sich herum, um miteinander zu streiten und zu zanken.

Faye, die Jüngste, mit wilden, lockig braunen Haaren, zeigte mit dem Finger auf ihren Bruder Fraser. „Lass Holly einfach in Ruhe, Bruderherz! Warum du glaubst, dass jeder Knochen in ihrem Körper brechen wird, wenn sie nur atmet, werde ich nie verstehen."

Fraser hörte auf, sich mit seiner Gefährtin Holly zu beschäftigen, um seine jüngere Schwester anzusehen und seine blauen Augen zu verengen. „Sei nicht albern. Sie muss atmen, um am Leben zu bleiben. Diese Stühle sind verdammt unbequem, und Holly hat es so schon schwer genug."

Holly öffnete den Mund, doch Faye unterbrach sie. „Die Stühle sind in Ordnung, und das weißt du. Mach nur weiter so, und sie wird dich bei der ersten Gelegenheit verlassen."

Holly murmelte: „Wenn ich jetzt noch nicht gegangen bin, gehe ich nirgendwo mehr hin." Doch kein MacKenzie hörte sie.

Fraser knurrte seine Schwester an. „Wenn du fast im neunten Monate schwanger bist, kannst du mir ja sagen, wie bequem diese Stühle sind, Schwesterchen. Bis dahin hast du kein Mitspracherecht."

„Und du schon? Ist dir plötzlich eine Gebärmutter gewachsen, von der ich nichts weiß, und bist du auf magische Weise im neunten Monat schwanger? Denn wenn ja, dann bekommst du wohl Gnome als Kinder, so flach wie dein Bauch ist."

Holly sah zu Arabella und verdrehte die Augen. Arabella lächelte verständnisvoll zurück. Fraser und Finn waren einander von den Cousins am ähnlichsten, und genau wie Arabella manchmal half, Finn zu beruhigen, tat Holly dasselbe mit Fraser.

Ihr Drache meldete sich zu Wort. *Der Unterschied ist, dass Fraser sich meistens wie ein Teenager benimmt.*

Na, na, das ist nicht fair. Er ist schon ein bisschen reifer geworden, seit er Holly kennengelernt hat.

Er wird nie mit unserem Finn mithalten können.

Da muss ich dir zustimmen, Drache.

Der Letzte der MacKenzie-Geschwister, Fergus, stand auf und ging durch die Länge des Raumes und wieder zurück. Seine Gefährtin, Gina, seufzte. „Setz dich, Fergus. Auf- und abzugehen macht deinen Drachen nur noch unruhiger."

Sie hob die Hand, um ihn zu berühren, doch Fergus trat zurück. „Tut mir leid, Mädel. Ich will mich ja setzen und meinen Arm um dich legen, aber mein Tier bewegt sich auf einem sehr feinen Grat."

Faye meldete sich zu Wort: „Hab einfach den verfluchten Rausch, Fergus. Gina hat schon öfter, als ich zählen kann, gesagt, sie sei bereit."

Fergus schüttelte den Kopf. „Der kleine Jamie ist noch nicht einmal ein Jahr alt. Das ist nicht genug Zeit."

Gina stand auf. „Fergus, sollte ich nicht das letzte Wort dazu haben, wann ich bereit bin? Deine Fürsorge für andere und um meine Bedürfnisse ist einer der Gründe, warum ich dich so liebe, aber hierbei musst du auf mich hören. Wenn du nicht bald was unternimmst, könntest du am Ende deinen Job verlieren, ganz zu schweigen von mir."

Er runzelte die Stirn. „Wovon sprichst du?"

„Dich Tag für Tag leiden zu sehen, bringt mich um, Fergus. Ich brauche meinen unerschütterlichen Gefährten an meiner Seite. Lass entweder den Rausch zu, oder ich ziehe bei meiner Schwester ein."

Fergus' Augenbrauen zogen sich zusammen, und Arabella spürte, dass er kurz davorstand, weiter so pflichtbewusst zu bleiben und damit alles zu ruinieren. Sie hatte warten wollen, bis Finn das Essen hereinbrachte, bevor sie etwas sagte, aber bis dahin konnte es zu spät sein.

Arabella legte jede Dominanz in ihre Stimme, die sie aufbringen konnte. „Hör auf deine Gefährtin, Fergus. Denn wenn du es nicht tust, bist du ein Narr."

Sechs Augenpaare drehten sich zu ihr. Irgendwann in ihrem Leben wäre Arabella vor einer solchen Prüfung davongelaufen. Aber die MacKenzies waren jetzt ihre Familie. Und sie würde sich nicht vor der Verantwortung drücken, wenn sie sie, so gut es ihr möglich war, heilen und ihnen helfen konnte. Sie fuhr fort: „Na los, starr mich an. Kannst sogar böse gucken. Aber Gina wirft sich dir geradezu an den Hals, Fergus. Wenn du sie nicht nimmst, dann verdienst du sie nicht."

Fergus knurrte. „Pass auf, Ara."

Sie hob eine Braue. „Warum? Weil es die Wahrheit ist und weh tut? Ich fürchte mich nicht vor dir, Fergus. Wenn du meinst, ich würde einfach hier sitzen und nichts sagen, dann kennst du mich nicht." Sie richtete ihren Blick auf Gina. „Habe ich recht? Willst du den Rausch?" Gina nickte, und Arabella sah zu Fergus zurück. „Dann geht! Heute Nacht."

Gina schüttelte den Kopf. „So sehr ich es auch will, wir können nicht. Wir haben niemanden, der auf Jamie aufpasst."

Arabella deutete mit einer Hand auf Faye und ihren Gefährten Grant. „Sie können auf ihn aufpassen."

Faye blinzelte. „Was?"

Arabella zuckte mit den Schultern und sagte: „Ihr werdet selbst bald Eltern, das wird also eine gute Übung sein. Außerdem kann Grants Mum euch helfen. Sie liebt Kinder. Alles in allem ist es perfekt."

Grant, der bei allen außer seiner Gefährtin still war, ergriff endlich das Wort. „Wir können das, Faye. Es wird wirklich eine gute Übung sein und deinem Bruder helfen."

„Du meinst, es wird eine gute Übung für mich sein, da ich mir sicher bin, dass ich diejenige sein werde, die auf ihn aufpasst", sagte Faye.

Grant nahm Fayes Kinn zwischen die Finger. „Nein, wir werden das gemeinsam tun. Wir teilen unsere Beschützerpflichten, und wir teilen uns die Kinderpflichten. Mum kann gegebenenfalls auf ihn aufpassen."

Faye rutschte auf ihrem Platz hin und her und antwortete: „Schätze schon."

Arabella konzentrierte sich wieder auf Gina und Fergus. „Gut, dann geht nach Hause und packt alles für Mac-im-Quadrat zusammen. Faye und Grant werden gleich hinterherkommen, um alles in ihr Cottage zu bringen."

Mac-im-Quadrat war der Spitzname für Jamie MacDonald-MacKenzie, Ginas Sohn, den Fergus bei der Geburt adoptiert hatte. Selbst Arabella konnte nicht anders, als ihn zu benutzen, da es Fergus wütend machte.

Gina sah zu Fergus. „Und? Was sagst du?"

Er machte einen Schritt auf sie zu. „Bist du wirklich bereit dafür, Liebes?"

Gina nickte. „Ja. Ich vermisse es, meinen Gefährten zu halten und zu küssen. Ich wusste, dass es in meiner Zukunft einen Rausch gäbe, als ich dich gepaart habe, Fergus. Bitte glaub mir, wenn ich sage, dass ich mehr als bereit bin."

Fergus stieß einen langen Atem aus, nahm Ginas Hand und zog sie hoch. „Gut, beeilen wir uns! Mein Drache hat zugestimmt, sich eine Stunde zu entspannen, damit wir alles vorbereiten können. Machen wir das Beste daraus."

Gina sagte Arabella beim Verlassen des Raums lautlos „Danke".

Da sie Faye und Grant noch nicht die Möglichkeit geben wollte zu gehen, durchbohrte sie sie erneut mit ihrem Blick. „Und jetzt zu dir, Faye MacKenzie."

Fayes Brauen zogen sich zusammen. „Was habe ich getan?"

„Ich verstehe ja, dass Schwangerschaftshormone deine Stimmungen durcheinanderbringen, besonders wenn es um irgendwas geht, das dich wütend macht. Aber in einem Restaurant Teller nach Grant zu werfen, geht zu weit."

Sie seufzte. „Du hast davon gehört."

„Jeder hat davon gehört", erklärte Arabella. „Die Frage ist, was kannst du tun, um deine Ausbrüche einzudämmen? Es ist dem Clan gegenüber nicht fair, dass sie ihre Wertsachen wegschließen müssen, wenn du eines ihrer Geschäfte oder Häuser besuchst. Es muss was passieren."

Faye sah ihren Gefährten an. „Wenn Grant mir mehr Arbeit geben würde, würde ich weniger Ärger machen."

Grant grunzte. „Ich werde dich nicht auf Patrouillen schicken."

Arabella schüttelte den Kopf. „Faye ist was, im zweiten Monat oder so? Wenn Finn mich hat fliegen lassen, bis ich fast im sechsten Monat war, und noch dazu mit Drillingen, sollte Grant doch wohl in der Lage sein, zwei Monate zu ertragen, egal, wie viele Kinder sie trägt."

Faye sagte: „Es sind zwei."

Holly grinste. „Ich wusste es! Das ist der MacKenzie-Fluch-Schrägstrich-Segen."

Fraser fügte hinzu: „Unsere werden aber älter sein, also müssen eure Kinder auf unsere hören."

Faye verdrehte die Augen. „Ich verkünde, dass ich Zwillinge bekomme, und du antwortest, indem du die Stellung unserer ungeborenen Kinder in der Hierarchie klarstellst?"

Fraser stieß seine Brust vor und nickte. „Ganz richtig, das tue ich. Gibt dir mehr Zeit, dich an den Gedanken zu gewöhnen."

Faye stand auf. „Fraser MacKenzie, wenn du glaubst, dass ich deinen Kindern erlaube, meine in Schwierigkeiten zu bringen, musst du einmal zu oft auf den Kopf geschlagen worden sein."

Holly stand auf. „Genug. Ihr zwei habt genug

Zeit, um darüber zu streiten, wessen Kinder die anderen in Schwierigkeiten bringen werden. Jetzt sollten wir Faye und Grant erst einmal gratulieren."

Finn kam endlich in den Raum. „Gratulieren, wozu?"

Faye knurrte. „Du kannst gut genug in der Küche hören, außer du verlierst dein Gehör, alter Mann."

Finn zog Faye in eine Umarmung und ließ sie dann los. „Alles, was ich sagen kann, ist: viel Glück!"

Arabella seufzte. „Wenn ich daran denke, wie du dich vor der Geburt der Drillinge noch darüber beschwert hast, dass alle dich aufziehen."

Er zuckte die Schultern. „Das machen wir nunmal und sich darüber zu beschweren, ist nur eine Formalität."

Finn ging zu Arabella und küsste sie sanft, bevor er flüsterte: „Gut gemacht, das mit Fergus und Gina."

„Du hast verdammt nochmal zu lange gebraucht, also habe ich mich darum gekümmert. Obwohl ich so den Verdacht habe, dass du absichtlich in der Küche geblieben bist."

Er drückte ihre Seite. „Ich glaube, du wirst für unsere Kinder wie Tante Lorna sein, die Frau, die alles regeln kann."

„Wenn ich mit dir und deiner Familie klarkomme, dann *kann* ich alles regeln", sagte sie lächelnd. Nachdem sie Finn geküsst hatte, sah sie

Faye an. „Wir werden später noch richtig feiern. Aber jetzt brauchen Fergus und Gina euch."

Faye nickte und nahm Grants Hand. „Ich muss vielleicht wegen ein paar Dingen anrufen, solange meine Mum nicht in der Stadt ist."

„Jederzeit, Faye", antwortete Arabella. „Und ruf auf meinem Handy an, sonst wird Finn euch sicher den schlimmsten Rat geben, nur, um euer Leben elend zu machen."

Finn warf ein: „Na, also, es wäre nichts Lebensbedrohliches. Aber wenn der Kleine anfängt zu weinen, spielt ihm laute Musik vor. Das hilft immer, besonders wenn es Metal ist."

Arabella schlug ihm leicht in die Seite. „Hört nicht auf ihn. Ruft mich an oder riskiert eine endlose Nacht voller Weinen. Denn Finn ist offenbar bereit, seinen Neffen für seinen eigenen Streich zu opfern."

„Das würde ich ihnen doch nicht wirklich sagen, Ara."

Sie sah ihn an und schüttelte den Kopf.

Grant meldete sich zu Wort. „Wir sind dann jetzt weg."

Als Faye und Grant das Esszimmer verließen, setzte sich Arabella hin. „Und? Wo ist unser Essen, Finn? Ich hoffe, du hast was vorzuweisen, dafür, dass du in der Küche gelauscht hast."

Er zwinkerte. „Aye, ich werde es holen."

Nachdem Faye nun weg war, machte Fraser sich wieder daran, Holly zu umsorgen. „Möchtest du lieber in meinem Schoß sitzen, Liebes? Oder ich könnte auch ein Kissen holen."

Holly lächelte ihren Gefährten an und berührte seine Wange. „Mir geht's gut, Fraser. Frauen haben seit Anbeginn der Zeit Schwangerschaften durchgemacht. Auf einem harten Stuhl zu sitzen, ist kaum eine Prüfung."

„Aber es ist unnötig. Wir leben doch nicht im Mittelalter."

Bevor Holly antworten konnte, kam Finn mit einer großen Schüssel zurück, die roch, als wäre es Curry. Er stellte sie ab. „Ich weiß, es sind keine Fish and Chips, aber ich dachte, Curry könnte Holly helfen. Ich habe es extra scharf gemacht."

Fraser runzelte die Stirn, aber Holly legte eine Hand auf seinen Bizeps. „Ich bin in den nächsten Wochen fällig, Fraser. Aber im Moment ziehe ich die Wehen weiteren Auseinandersetzungen über meinen Komfort vor."

Er nahm ihre Hand und küsste ihren Handrücken. „Ist es wirklich so schlimm, Honey? Ich möchte doch nur sicherstellen, dass alles reibungslos läuft, anders als beim letzten Mal."

Sie berührte seine Wange. „Ach, Fraser. Den Kleinen und mir geht's gut. Ich wünschte mir, du würdest dir nicht weiter Sorgen machen."

„Ich glaube nicht, dass ich das je werde."

Holly streichelte sein Kinn mit den Fingern. „Dann herzlichen Glückwunsch, du fühlst wie ein Elternteil."

Arabella fügte hinzu: „Außerdem bekommt Holly Drachenblut injiziert. Wenn ihre Theorie stimmt, sollte es die Geburt erleichtern."

In der Vergangenheit war die Wahrscheinlichkeit, dass eine Menschenfrau starb, wenn sie ein Halbdrachenwandler-Kind zur Welt brachte, fünfzig-fünfzig. Holly war entschlossen, das zu ändern, und Arabella hoffte, dass es ihr gelang.

Holly nickte. „Aye, und da ich die erste menschliche Testperson bin, die gebären wird, wird es aus vielen Gründen wichtig sein."

Fraser sagte: „Aber, dass du mir zwei Kinder schenkst, ist wichtiger als alles andere."

Nachdem Holly Fraser geküsst hatte, lehnte sie sich zurück, als Finn den Reis und das Naan brachte. Sobald alle Essen hatten, machten sie sich darüber her.

Finn war der Erste, der das Wort erneut ergriff. „Fraser, ich habe viele Leute, die fragen, wann du dein nächstes Projekt angehen wirst. Wann wird das sein?"

Holly antwortete: „Nie, wenn es nach ihm ginge. Vielleicht solltest du es ihm befehlen."

Fraser schluckte sein Essen herunter. „Das ist ziemlich scharf, Cousin." Er trank einen Schluck und fuhr fort: „Meine Familie ist meine Priorität."

„Wie es sein sollte", antwortete Finn. „Aber du bist der Architekt des Clans. Menschliche wollen nicht mit uns arbeiten, und die Verbindung zu anderen Clans wird noch einige Zeit brauchen. Das

MDA und die örtlichen Aufsichtsbehörden sind mit deiner Arbeit vertraut, Fraser. Und auch der Clan braucht dich."

Arabella mischte sich ein: „Außerdem, willst du nicht Vermächtnisse hinterlassen, um sie deinen Kindern zu zeigen, wenn sie älter sind? Ich glaube, die Schule ist einer derjenigen, die auf deine Dienste warten. Das ist was, das sich direkt auf deine Familie auswirken wird."

„Trägst ganz schön dick auf, nicht wahr, Arabella?", sagte Fraser gedehnt.

Sie zuckte die Schultern. „Fragen hat nicht funktioniert, und dich zu fesseln wird auch nichts bringen. Deswegen scheint es mir die beste Option zu sein, dir ein schlechtes Gewissen zu machen. Ich bin sicher, Tante Lorna würde es begrüßen."

Finn schnaubte. „Wir haben auf jeden Fall auf dich abgefärbt."

„Ich habe drei Kinder mit deinem Blut und deinen Genen. Wenn ich mich nicht anpasse, werde ich in wenigen Jahren von unseren drei Rebellen als Geisel genommen."

Finn öffnete den Mund, um etwas zu erwidern, doch Holly keuchte. Alle Augen bewegten sich zu ihr, und Fraser fragte: „Ist alles in Ordnung?"

„Ausnahmsweise ist deine Sorge berechtigt: Meine Fruchtblase ist gerade geplatzt. Finns Currytrick hat wohl funktioniert."

Fraser sprang auf. „Dann müssen wir dich zur Krankenstation bringen. Finn, rufst du Stonefire an und lässt Gregor und Sid kommen? Ich will die beste Versorgung für meine Gefährtin."

Arabellas Drache schnaubte. *Das ist ein bisschen übertrieben.*

Sie ignorierte ihr Tier und stand auf. „Ich rufe Stonefire an. Finn, du hilfst Fraser, Holly zur Krankenstation zu bringen."

Finn sagte nichts dagegen, sondern grunzte nur zustimmend und kam seinem Cousin zu Hilfe.

Arabella hatte gehofft, alle MacKenzie-Probleme beim Abendessen zu lösen, aber sie hatte nicht damit gerechnet, dass bei Holly auch noch die Wehen einsetzen würden.

Ihr Drache meldete sich zu Wort. *Es zeigt einfach, dass wir gut darin sind, sie auf der Spur zu halten.*

Klar, weil ich ja auch magische Kräfte habe, mit denen ich Wehen auslösen kann, erwiderte sie gedehnt.

Vielleicht. Wir werden das noch einmal bei Faye probieren müssen.

Bist du jetzt fertig? Ich muss Bram anrufen.

Und was ist mit Tante Lorna und Ross?, fragte ihr Tier.

Eins nach dem anderen, Drache. Ich muss mich auch um unsere eigenen Kinder kümmern. Meg kann nicht ewig auf sie aufpassen.

Arabella eilte aus dem Raum, holte ihr Handy und rief Stonefires Anführer Bram Moore-Llewelyn an. Er meldete sich: „Arabella? Was ist los?"

„Nun ..." Sie erklärte die Situation und hoffte, dass ihr ehemaliger Clan-Anführer sie nicht für dumm hielte, weil sie anrief. Drei Ärzte waren ein bisschen viel, aber Fraser und Holly waren Familie. Und egal, wie sehr sie sie manchmal reizen mochten, sie liebte sie und würde alles in ihrer Macht Stehende tun, um sie zu beschützen.

Kapitel Drei

A ls Finn und Fraser Holly endlich zur Krankenstation gebracht hatten, gab es ein Problem. Finn runzelte die Stirn. „Was meinst du damit, Layla ist mit einer anderen Entbindung beschäftigt?"

Der Pfleger am Empfang, Tyler MacPherson, hob nur eine Augenbraue. „Dein Gehör funktioniert ganz gut, Finn. Bei Hamish Boyds Gefährtin haben vor fünf Stunden die Wehen eingesetzt. Aber sie hat immer noch nicht entbunden, und da es ihr erstes Kind ist, kann es auch noch eine Weile dauern. Dr. MacFie ist jetzt bei ihr."

Fraser fuhr sich mit einer Hand durchs Haar. „Schlechtes Timing bei den Boyds."

Holly machte Tss. „Bis zur eigentlichen Entbindung dauert es auch bei mir noch eine ganze Weile, Fraser. Außerdem ist es ja nicht so, als ob Alba Boyd zeitlich planen kann, wann ihre Wehen einsetzen.

Ich habe in den letzten achteinhalb Monaten nach ihr gesehen, und sie ist nett, wenn auch ein bisschen still." Sie sah zu Tyler zurück. „Bring mich einfach in ein Zimmer, und Logan soll nach mir sehen. In nächster Zeit wird es uns erstmal gut gehen. Ich habe einige Male dabei geholfen, Kleine zur Welt zu bringen, und weiß, wie das läuft."

Logan Lamont war einer von Lochguards Pflegern und hatte mit Holly an ihrem Drachenblut-Forschungsprojekt gearbeitet.

Sobald Holly sich unbeholfen in einen Rollstuhl gesetzt hatte, schob Fraser sie in das Zimmer, das sie wollte. Als seine Cousins außer Sichtweite waren, wandte sich Finn zu Tyler zurück. „Wenn Hamish und Alba Boyd gerade ein Baby bekommen, wo ist dann Meg Boyd? Sie würde doch nicht das Debüt ihres jüngsten Enkelkindes verpassen."

Die Stimme einer älteren Frau erklang hinter ihm. „Ich bin hier, Finlay."

Finn drehte sich langsam um und entdeckte Meg mit seiner Tochter im Arm. Zu ihren Seiten war je einer ihrer Verehrer, und jeder hielt einen seiner Söhne.

Er ging auf die Gruppe zu. „Warum hast du mich nicht angerufen?"

Sie zuckte die Schultern. „Du warst beschäftigt, und außerdem wird es einige Zeit dauern, bis Alba mein Enkelkind zur Welt bringt. Archie und Cal haben noch keine Enkelkinder, also waren sie gern bereit, mit mir zu kommen."

Als beide Männer Meg mit Bewunderung in den Augen ansahen, begann Finn zu glauben, dass die Gerüchte über eine Dreierbeziehung stimmten.

Er nahm Meg Freya schnell ab und hielt seine Tochter an sich. „Wo ist der Rest deiner Brut?"

Meg winkte das mit einer Hand ab. „Alistair macht irgendeine Art Forschung und sagte, er komme, sobald das Kleine da ist. Graham ist bei seiner Gefährtin und seinen Kindern und sollte bald hier sein. Im Gegensatz zu Lorna fahre ich nicht in Flitterwochen, während eine meiner Schwiegertöchter fällig ist. Ich werde meine ganze Familie für das Ereignis hier haben. Ich hoffe, dass wir endlich eine weibliche Boyd haben werden. Ich liebe meine Söhne und Enkel, aber ich könnte ein kleines Mädchen gebrauchen, dem ich meine Geheimnisse anvertrauen kann."

Finn widerstand dem Drang, sich in die Nasenwurzel zu kneifen. „Ich habe meiner Tante befohlen, Urlaub zu machen, Meg." Und er beschloss, noch eine Sache hinzuzufügen, die die ältere Frau verrückt machen würde. „Schließlich hat sie es geschafft, all ihre Kinder zu verpaaren, und das kann einen schon auslaugen."

Meg schnaubte. „Alistair ist stur, wie sein Vater. Dass er Single ist, ist nicht mehr mein Problem."

Er hob eine Braue. „Ich dachte, du sagtest immer, es sei die größte Pflicht einer Mutter, ihre Kinder zu verpaaren."

Meg hob den Kopf und öffnete den Mund, aber

Arabella stürzte in diesem Augenblick in die Krankenstation. Im Handumdrehen hatte sie Declan auf der einen Hüfte und Grayson auf der anderen. Nachdem sie jeden von ihnen geküsst hatte, lächelte sie Meg an. „Danke, dass du auf sie aufgepasst hast, Meg. Du bist die Tante, die sie am meisten mögen."

Finn biss sich auf die Lippe, um nicht zu lachen. Arabella MacLeod war wirklich weit gekommen, wenn sie der alten Schachtel schmeichelte.

Sein Drache meldete sich zu Wort. *Das musste sie. Du bist vom Schlafmangel launisch.*

Ich? Wir sind ein und dasselbe, Drache.

Ich besitze wenigstens so viel Verstand zu wissen, dass wir Meg Boyd nicht verärgern sollten. Das könnte später spektakulär nach hinten losgehen.

Pst.

Arabella trat an Finns Seite. „Dr. Lewis hat zugestimmt, auf Stonefire aufzupassen, also sollten Sid und Gregor in etwa einer Stunde hier sein."

Dr. Trahern Lewis war Juniorarzt in Stonefire und zog es gewöhnlich vor, allein für sich in einem Forschungslabor zu arbeiten. Finn fragte sich, wie Arabella das geschafft hatte.

Meg warf ein: „Warum bekommt Holly zwei oder drei Ärzte und Alba von meinem Hamish nur einen?"

Finn bemühte sich um einen geduldigen Tonfall. „Weil Holly nicht nur ein Mensch ist, sie bekommt auch Zwillinge. Zusätzliche Ärzte einzusetzen, scheint da vernünftig zu sein, aye?"

„Schätze schon." Meg sah abwechselnd Cal und Archie an. „Sehen wir mal nach, wie es Alba geht."

Arabella murmelte noch ein Dankeschön. Sobald das Trio fort war, lächelte sie zu ihm auf. „Du hättest dich von Meg nicht provozieren lassen sollen."

„Sie hat Tante Lorna beleidigt."

„Wann tut sie das nicht?"

„Guter Punkt." Freya wand sich in seinen Armen, und er richtete seine Aufmerksamkeit auf seine Tochter. „Hat Tante Meg nicht mit dir gespielt?" Er hob Freya hoch, nahm sie runter und hob sie wieder hoch. „Schließlich sind Drachenwandler gern ab und zu am Himmel. Obwohl wir noch ein paar Jahre warten müssen, bevor du viel höher fliegst, aye?"

Er nahm sie wieder runter, gab Freya einen schmatzenden Kuss und legte sie zurück an seine Brust. „Ich möchte ja für Fraser und Holly da sein, aber es wird nicht einfach sein, mit den Kleinen im Empfangsbereich zu bleiben."

Tyler meldete sich hinter ihnen zu Wort. „Es ist zwar noch nicht ganz fertig, aber Dr. MacFie hat ein Spiel- und Kinderzimmer eingerichtet. Da stehen ein paar Kinderbetten, und es gibt Spielzeug. Ihr könnt da warten, wenn ihr wollt."

Er sah Arabella an. „Wäre das in Ordnung, Liebes?"

Sie nickte. „Natürlich. Holly und Fraser brauchen uns vielleicht, und den Drillingen ist es egal, wo sie schlafen und essen, solange sie es tun können."

Arabella bezog sich auf Hollys erhöhtes Sterberisiko bei der Entbindung.

Sein Drache grunzte. *Aber ihr wurde ziemlich viel von Frasers Blut injiziert. Es wird ihr gut gehen.*

Sogar Drachenwandler sterben bei der Geburt, Drache. Das weißt du. Erinnerst du dich an Gregors erste Gefährtin?

Sein Tier schnaubte. *Aber Holly wird das nicht passieren. Sie ist stark und wird mit allem, was sie hat, kämpfen, um für ihre Kinder da zu sein.*

Hollys Mutter war vor einigen Jahren ermordet worden. Das Mädel trauerte immer noch um sie.

Fraser sah wieder zu Tyler. „Aye, das wird reichen, Tyler. Zeig uns den Weg."

Er nahm die Windeltaschen, die Meg mitgebracht hatte. Als Tyler sie durch die Flure führte, sagte Arabella: „Ich habe auch Faye und Grant angerufen, bevor ich hierhergekommen bin. Wir sind uns alle einig, Fergus und Gina nicht zu erzählen, dass bei Holly die Wehen eingesetzt haben, sonst beginnen sie vielleicht nie mit dem Rausch."

„Aye, die Entscheidung hätte ich auch getroffen. Vor allem, wenn es eine Komplikation gibt, dann könnte Fergus' Drache durchdrehen und wild werden. Ich bin mir sicher, Fraser wird ihm verzeihen, dass er die Geburt seiner Kinder verpasst hat, wenn das bedeutet, dass sein Bruder dadurch geistig und körperlich gesund bleibt."

Vor einem Raum blieb Tyler stehen. „Da sind wir. Ich werde euch über Holly und Fraser auf dem

Laufenden halten. Im Zimmer ist ein Telefon; über das rufen wir an, wenn es was Neues gibt. Dann blockiere ich nicht dein Handy, falls es einen Clannotfall gibt."

Finn tätschelte dem Pfleger auf den Arm. „Danke, Tyler."

Tyler nickte. Arabella und Finn betraten das Spiel-Schrägstrich-Kinderzimmer.

Die hellen Farben an den Wänden waren in geometrischen Mustern gemalt, und die weißen Bettchen an einer Seite gepolstert. In einer Ecke standen stapelweise Kisten mit Spielzeug, und mehrere bequeme Sessel waren im Raum verteilt. In der dunkelsten Ecke des Zimmers gab es sogar einen Schaukelstuhl, wahrscheinlich, um ein Kleines in den Schlaf zu wiegen oder auch das Stillen zu erleichtern.

Finn stieß einen Pfiff aus. „So sehr ich Gregor liebe, aber die Krankenstation hat sich unter weiblicher Hand definitiv verbessert."

Arabella legte die Jungen in ein Kinderbett und gab jedem ein Kuscheltier. „Layla MacFie denkt eher an Babys, Eltern und deren Bedürfnisse. Gregor ist dem immer ausgewichen, weil seine Gefährtin und sein ungeborenes Kind bei der Geburt starben."

Finn legte Freya neben ihre beiden Brüder. „Aye, aber er bekommt ja jetzt mit Sid ein Kleines, also erwarte ich, dass sich das ändern wird."

Er zog Freyas Lieblings-Plüschfuchs heraus und legte ihn neben sie. Nachdem er jedes seiner Kinder auf die Stirn geküsst hatte, flüsterte er: „Ihr seht müde aus. Vielleicht, wenn ihr mit Mummy und Daddy kooperiert und ein Nickerchen macht, haben wir später Zeit, uns ein paar lustige Spiele einfallen zu lassen."

Declan bewegte den Kopf und stieß ihn gegen seinen Bruder.

Mit einem Seufzen schuf Finn eine Wand aus Plüschtieren zwischen ihnen. Außerhalb ihres Hauses schliefen die Drillinge lieber in einem Bett. Sie zu trennen, konnte für alle Beteiligten stundenlange Frustration bedeuten.

Er konnte sich nur allzu gut vorstellen, was passieren würde, wenn sie ihre Vorliebe, immer zusammenzubleiben, bis ins Teenageralter beibehielten. Finn würde wahrscheinlich komplett ergrauen.

Sein Drache seufzte. *Hör auf, dich zu beschweren. Du freust dich darauf.*

Du vielleicht, aber ich erinnere mich, wie wir waren. Und wir waren allein, aber wir haben drei kleine Scheißerchen.

Arabella wird helfen, und es wird reichen.

Finn sah sich im Raum um und entdeckte eine Spieluhr. Er drückte die Taste, und sie spielte eine beruhigende Melodie.

Freya gähnte zuerst, gefolgt von ihren Brüdern. Er hielt den Atem an und hoffte, dass Meg und ihre Männer sie müde gemacht hatten.

Als jedes Kind langsam die Augen schloss, atmete er aus. Er sprach leise, als er zu Arabella sagte: „Danke für vorhin, Liebes. Manchmal frage ich mich, ob nicht besser du Clan-Anführer geworden wärst und nicht ich."

Sie flüsterte zurück: „Mal abgesehen davon, dass ich zu der Zeit der Entscheidung in England war und kaum mit jemandem gesprochen habe, sage ich immer noch Nein, danke. Außerdem musst du mir nicht danken; ich habe nur als deine Gefährtin gehandelt."

Er schüttelte den Kopf. „Spiel deine Bedeutung nicht herunter, Ara. Das lasse ich nicht zu."

Sie lehnte sich gegen ihn und sagte: „Na schön. Ich *bin* ja auch ziemlich brillant. Aber du hattest es schwer, und da du für mich da warst, als ich es am dringendsten brauchte, versuche ich, dasselbe zu tun."

Er küsste ihre Stirn. „Ich liebe dich, Arabella MacLeod."

„Ich liebe dich auch, Finlay Stewart."

Sie standen einige Minuten schweigend da und beobachteten ihre Kinder beim Schlafen.

Sein Drache meldete sich zu Wort. *Ich liebe Tante Lorna, aber ich wünschte, unsere Eltern könnten auch hier sein.*

Aye, ich weiß, Drache. Aber diese drei Teufelsbraten aufzuziehen wird helfen, ihr Vermächtnis am Leben zu erhalten.

Finns Vater war vor vielen Jahren Clanführer gewesen, aber er und Finns Mutter waren durch die

Hände von Feinden ums Leben gekommen, als Finn noch ein Teenager war.

Sein Tier antwortete, *Ich glaube, es ist an der Zeit, auf Aras Idee zurückzukommen.*

Ich glaube, du hast recht.

Er flüsterte: „Sobald das alles geklärt ist, möchte ich dir helfen, den Fotofamilienstammbaum im Wohnzimmer zu machen."

Sie sah auf. „Bist du dir sicher? Ich weiß, Bilder deiner Eltern an der Wand zu haben, wird nicht einfach sein."

Er drückte ihre Taille. „Es wird genauso schwierig für dich sein, das mit deinen Eltern zu tun, Ara, und doch bist du bereit, Bilder von ihnen aufzuhängen."

Sie strich mit ihrer Hand an seiner Seite auf und ab. „Meine Mutter hat mir das Leben gerettet. Das Mindeste, was ich tun kann, ist, ihre Erinnerung für unsere Kinder am Leben zu erhalten. Außerdem hilft es Freya, wenn wir Fotos von deiner und meiner Mutter haben, zu verstehen, warum ich ihr die zweiten Vornamen Anne und Jocelyn gegeben habe."

Anne war der Name seiner Mum und Jocelyn der von Arabellas Mutter.

Er drückte ihr sanft die Schultern. „Und dein Vater? Schließlich tragen unsere Söhne beide die Namen eines ihrer Großväter. Kannst du damit umgehen, auch sein Foto an der Wand zu haben?"

„Ich —" Sie hielt inne und fuhr schließlich fort, „ich hasse das Unwissen, aber ich denke, es ist endlich an der Zeit zu akzeptieren, dass mein Vater tot ist. Er verschwand kurz nach dem Tod meiner Mum und kehrte nicht zurück. Wenn Kai und Bram ihn nicht finden konnten, dann ist er für immer weg. Wenn ich sein Foto habe, kann ich das akzeptieren."

„Dann ist es wohl an der Zeit, dass wir beide den Schmerz überwinden, damit unsere Kinder ihre Großeltern besser kennen können."

„Ich hoffe, dass wir länger da sein können, als es unsere Eltern waren, damit unsere Kinder nicht so jung denselben Schmerz erleiden müssen", flüsterte Arabella.

Er zog Arabella fester an seine Seite. „Wie ich schon sagte, werde ich alles in meiner Macht Stehende tun, um sicherzustellen, dass wir unseren drei Teufelsbraten für eine sehr lange Zeit erhalten bleiben."

Als er sich an die Gesichter seiner schlafenden Kinder erinnerte, wusch ein Gefühl des Friedens über ihn. Schon, irgendwas könnte bald schiefgehen, aber dies waren die Momente, aus denen er Kraft schöpfen würde, um für die Zukunft jedes einzelnen seiner Clan-Mitglieder zu kämpfen.

Kapitel Vier

D er Schrei eines Babys weckte Arabella auf. Blinzelnd öffnete sie die Augen, zog an Finns Arm um ihre Taille, und er ließ sie los.

Sie erreichte schnell das Bettchen, doch der Anblick ließ ihr den Atem stocken. Freya war wach, aber ihre Pupillen waren geschlitzt.

Was bedeutete, dass ihr innerer Drache entweder das Sagen hatte oder mit Freya sprach.

Ihr Drache meldete sich zu Wort. *Das sollte noch nicht geschehen.*

Mit leiser Stimme und so frei von Panik, wie sie es hinbekam, sagte sie: „Finn, wach auf!"

Er grummelte, und Arabella überlegte, ob sie ihre Tochter hochheben sollte oder nicht. Wenn Freyas Drache es irgendwie geschafft hatte, die Kontrolle zu übernehmen, wollte sie das Tier nicht zu weit drängen und es möglicherweise wild werden lassen.

Was bedeutete, dass sie ihre Tochter für immer verlieren könnte.

„Was ist?", fragte Finn nach einem Gähnen.

Arabella zeigte auf Freya, und Finn beugte sich vor, jetzt eindeutig wach. „Was zum …?"

Sie hielt ihren Ton leise, um Freya nicht zu erschrecken. „Was sollen wir tun, Finn? Das ist nicht normal. Sie ist erst ein paar Monate alt. Ihr Drache sollte frühestens mit fünf Jahren mit ihr reden."

„Ich weiß nicht. Aber vielleicht Layla oder Logan. Lass mich mal sehen."

Nachdem Finn schnell ihre Schulter gedrückt hatte, rannte er aus dem Zimmer.

In der Sekunde, als ihr Vater außer Sichtweite war, fing Freya an zu weinen. Der Anblick ihres rosigen Babys mit Tränen, die über seine Wangen kullerten, zerrte an Arabellas Herz. Ohne Zweifel war sie verängstigt und verwirrt. „Sssch, Freya, Liebes. Daddy holt uns Hilfe. Wir werden das bald klären."

Freya beruhigte sich nicht gerade, aber wenigstens schniefte sie nur anstatt zu schreien.

Arabella sah auf die Zwillinge. Declan verschlief alles, aber Grayson regte sich ein wenig und schloss sich bald dem Weinen seiner Schwester an.

Es war Arabellas Aufgabe, ihre Babys zu beschützen, und doch konnte sie nur dastehen und zusehen oder riskieren, es noch schlimmer zu machen.

Sie sagte zu ihrem Drachen: *Ich hasse es, nicht zu wissen, was ich tun soll.*

Es muss einen Grund geben, warum das Freya jetzt passiert ist. Junge Drachen müssen provoziert werden, um so früh aus ihrem Versteck im Kopf hervorgerufen zu werden.

Layla kam in den Raum gerannt, Finn dicht auf ihren Fersen. Die Ärztin hielt am Bettchen an und untersuchte Freyas Augen. Nach ein paar Sekunden sprach Layla in ihrer ernsten, aber sanften Arztstimme voller Dominanz. „Na, na, ich weiß, dass dein Drache ungeduldig sein muss, um zum Spielen rauszukommen, aber er sollte wirklich irgendwo an einem sicheren Ort in deinem Kopf schlafen."

Freyas leise Schreie verwandelten sich in das, was Arabella nur als Brüllen bezeichnen konnte.

Grayson fing an zu jammern, aber zum Glück waren seine Pupillen rund. Finn nahm ihren Sohn schnell hoch und trug ihn zur anderen Seite des Zimmers, um ihn zu beruhigen.

Arabella sah die Ärztin an. „Was sollen wir tun, Layla? Hast du sowas schonmal gesehen?"

Layla hielt ihre Stimme sanft. „Nur in Lehrbüchern. Aber Sid und Gregor sind gerade angekommen, und wenn jemand bei ungewöhnlichen inneren Drachen-Problemen helfen kann, dann sind es sie."

Dr. Sid hatte ihren Drachen zwanzig Jahre lang verloren, bis Gregor ihr Tier während des Gefährtenrauschs hervorgebracht hatte. Seitdem widmete Gregor seine Freizeit dem Ziel, so viel wie möglich über innere Drachen und deren Funktionsweise zu lernen. Obwohl das keine garantierte Lösung war, glaubte Arabella, dass Sid und Gregor helfen oder einen Weg finden könnten, dies zu tun.

Arabella griff nach Freya, ballte aber schnell ihre Finger zu einer Faust. Sie wusste immer noch nicht, ob es die Sache verschlimmern würde, wenn sie ihre Tochter hochhob. „Es ist in Ordnung, Freya. Mummys alte Freundin, Dr. Sid, wird bald kommen. Sie und ihr Gefährte können dir vielleicht helfen."

Layla ging zur Tür und rief einer Krankenschwester zu, sie solle die Stonefire-Ärzte in die Kinderstube bringen. Dann stürzte sie wieder herein. „Gibt es irgendwas, das das verursacht haben könnte? Finn dachte nicht, aber ich wollte das auch mit dir besprechen."

Arabella ging den Tag durch und schüttelte den Kopf. „Nein, der einzige Unterschied in der heutigen Routine war, dass Meg ein bisschen auf die Drillinge aufgepasst hat."

Finn grunzte. „Ich werde Meg fragen, was sie mit ihnen gemacht hat."

Als sie den Vorwurf in Finns Stimme bemerkte, sagte sie: „Finn, schrei sie nicht an. Soweit wir wissen, hat sie nichts falsch gemacht, und Freyas Drache hat das ganz allein getan."

Layla nickte. „Ara hat recht. Meg wird mit ihrem neuen Enkel in Zimmer 3 sein. Versuch, den glücklichen Moment für alle nicht zu ruinieren."

Finn grunzte, seine Stimme ein bisschen weniger

anklagend. „Aye, ich werde versuchen, es nicht zu tun. Aber wenn sie anfängt, Tante Lorna wieder Vorwürfe zu machen, kann ich nichts versprechen. Das hier ist zu wichtig."

Finn verschwand mit Grayson noch in seinen Armen, und Arabella kehrte zu Freya zurück. Sie suchte nach dem Lieblingsspielzeug ihrer Tochter, fand es aber nicht im Bettchen. Als sie es auf dem Boden entdeckte, riskierte sie es, Freya das Spielzeug zu geben. In der Sekunde, als der Fuchs neben ihr war, hörte Freya auf zu weinen, und ihre Pupillen wurden wieder rund.

„Ich verstehe das nicht", sagte Arabella. „Ihr Drache wollte das Spielzeug? Warum all die Mühe?"

Layla schüttelte den Kopf. „Ich habe keine Ahnung. Aber wenn Freyas Drache in diesem jungen Alter schon aktiv ist, müssen wir alle vorsichtig vorgehen. Wir können einem Baby nicht wirklich beibringen, wie man ein inneres Tier kontrolliert."

Sid und Gregor stürzten durch die Tür. Gregor fragte: „Was ist los, Layla? Mir wurde nur gesagt, ich solle schnellstens hierherkommen."

Layla drehte sich mit einem Stirnrunzeln zu ihrem ehemaligen Mentor um. „Ich bin nicht sicher. Freyas Pupillen waren geschlitzt, und ich schwöre, sie hat gebrüllt."

Gregor trat ans Kinderbett. „Jetzt sieht sie zufrieden aus und wieder normal."

Arabella berichtete die Details und fügte hinzu:

„Sobald sie ihr Lieblingsspielzeug wieder hatte, wurden ihre Pupillen rund. Kannst du uns irgendwas dazu sagen, Gregor? Bitte?"

Sid erschien an Arabellas anderer Seite und legte eine Hand auf ihre Schulter. „Lass uns das erst mal sehen, Ara. Dann überlegen wir von da aus weiter."

Arabella nickte und trat zurück. Sie nahm den Blick nicht von ihrer Tochter, als Layla sagte: „Ich muss nach Holly sehen. Wirst du mit Sid und Gregor hier zurechtkommen?"

Arabella murmelte ihre Antwort.

„Aye, dann werde ich so schnell wie möglich wieder da sein."

Arabella legte die Hände ineinander und gab ihr Bestes, ruhig zu bleiben.

Ihr Tier meldete sich zu Wort. *Ich glaube, Freya wird es gut gehen. Ihr Drache muss einfach unbedingt zum Spielen rauskommen wollen.*

Aber in diesem Alter könnte der Drache sie leicht überwältigen, und wir verlieren unser kleines Mädchen. Nur wenige Kinder unter fünf Jahren, deren Drachen die Kontrolle übernehmen, widersetzen sich dem Wildwerden. Und noch weniger werden wieder so wie zuvor.

Alle Kinder, die uns und Finn geboren wurden, sind garantiert stur. Ich glaube an Freya. Sie wird einen Weg finden.

Finn kehrte zurück und trat sofort an ihre Seite. Sobald er seinen Arm um ihre Schultern geschlungen hatte, lehnte sie sich an ihn und legte eine Hand an Graysons Rücken. Die kombinierte Wärme der beiden Männer half ihr, sich einen Bruchteil zu entspannen. „Hast du was von Meg erfahren?"

„Das Einzige, was ungewöhnlich war, war, dass die Zwillinge deine Muttermilch getrunken haben und sie Freya etwas von der Fertigmilch geben musste, die Grahams Gefährtin für seinen Sohn verwendet. Aber Grahams Sohn hatte nie blitzende Drachenaugen, also bin ich mir nicht sicher, ob es was damit zu tun hat."

Gregor schloss sich ihnen an. „Könnte es aber. Wenn Freya gegen irgendwas in der Babymilch allergisch ist, ist es möglich, dass es ihren Drachen hervorgerufen hat. Auch wenn Allergien bei Drachenwandlern selten sind, könnte eine allergische Reaktion ihren inneren Drachen so stark beeinflusst haben, dass er den Winterschlafbereich des Geistes verlassen hat."

Arabella zwang ihre Stimme, um ihres Sohnes willen ruhig zu bleiben. „Was können wir tun?"

„Ich werde eine Reihe von Tests durchführen, um zu sehen, ob ich die Ursache ermitteln kann", antwortete Gregor. „Die Allergie muss geringfügig sein, da ich keine körperlichen Manifestationen wie Schwellungen oder Hautausschläge gesehen habe. Ich bin mir jedoch nicht sicher, ob der Effekt langfristig sein wird oder nicht. Das hängt von der Genetik und dem jeweiligen Drachenwandler ab.

Hat in eurer Familie jemand schon mal eine allergische Reaktion gehabt?"

Arabella nickte. „Mein Vater, aber ich bin mir nicht sicher, was es war. Finn? Was ist mit deiner?"

Er schüttelte den Kopf. „Nein, meine Eltern hatten keine Allergien, und auch niemand in meinem erweiterten Familienkreis."

Sie lehnte sich mehr gegen Finn. „Ich denke, wir müssen Tristan anrufen. Er ist älter und hat immer mehr Zeit mit Dad als mit Mum verbracht, bevor er verschwand. Er weiß vielleicht genauer, welche Allergie unser Vater hatte."

Sid ergriff das Wort. „Ich rufe Trahern an, damit er unsere Unterlagen überprüft, und werde dann mit Tristan sprechen. Im Moment ist das Beste, was ihr tun könnt, eure Tochter zu knuddeln. Gregor wird hierbleiben, für den Fall, dass irgendwas passiert."

Ohne zu zögern, beeilte sich Arabella, ihre Tochter hochzuheben, und achtete genau darauf, den kleinen Plüschfuchs bei ihr zu halten.

Sie drückte sie an sich, atmete den Duft ihres Babys ein und sagte: „Wir regeln das, Freya." Dann küsste sie sie oben auf den Kopf. „Mummy und Daddy werden alles tun, was wir können, um zu helfen."

Obwohl selbst das vielleicht nicht genug war.

Ihr Tier knurrte. *Hör auf! Freya braucht unsere Unterstützung.*

Ich war noch nie ein ausgewachsener Optimist, Drache. Das weißt du.

Dann versuch es. Sonst gibst du einfach nur auf.

Arabella wollte gerade schon die Behauptungen ihres Drachen widerlegen, als Gregors Stimme den Raum füllte. „Dieser Junge kann vielleicht schlafen. Ich hoffe, mein Kleiner ist auch so."

Finn hörte nicht auf, Graysons Rücken in beruhigenden Bewegungen zu reiben, als er Declan seinen Blick zuwandte. „Aye, es sei denn, sein Bruder greift ihn im Schlaf an, dann wacht er auf."

Arabella zwang sich zu lächeln, aber als Finn und Gregor darüber scherzten, dass Declan auch bei einer Atombombe weiterschlafen würde, setzte sich Arabella in den Schaukelstuhl und wiegte ihre Tochter, bis sie einschlief.

Sie hoffte, dass Dr. Sid die Antworten finden würde, die sie in Bezug auf Arabellas Vater brauchten, weil der Gedanke, ihre einzige Tochter für immer an einen wildgewordenen inneren Drachen zu verlieren, undenkbar war.

Nein. Arabella hatte bereits so viel verloren – ihre Mutter, ihren Vater und sogar ein Jahrzehnt ihres Lebens, nachdem sie von den Drachenjägern gefoltert worden und sie allen aus dem Weg gegangen war, sich selbst eingeschlossen hatte.

Auf keinen Fall würde sie eines ihrer Kinder verlieren. Wenn Dr. Sid und Tristan nicht helfen konnten, die Allergien ihres Vaters zu bestimmen, dann würde Arabella etwas tun, von dem sie geschworen hatte, es nie wieder zu tun – in den dunkelsten Winkeln des Internets nach Informationen über ihren Vater suchen.

Finn gab sein Bestes, die Stimmung zu lockern, indem er mit Gregor scherzte. Aber Arabella zu beobachten, wie sie ihre Tochter hielt und schaukelte, als ob es das letzte Mal sein könnte, dass sie das tun würde, belastete sein Herz. Nach allem, was seine Gefährtin mit den verdammten Drachenjägern durchgemacht hatte, verdiente sie ein glückliches Leben, frei von weiterer Trauer.

Sein Drache meldete sich zu Wort. *Sie ist die meiste Zeit glücklich.*

Aber nicht jetzt. Und es gibt verdammt nochmal nichts, was ich dagegen tun kann.

Dr. Sid ist eine gute Ärztin. Sie und Gregor werden das hinbekommen.

Er wollte optimistisch sein, aber als Clan-Anführer funktionierte sein Gehirn nicht immer so. Er zog es vor, nach konkreten Beweisen und Lösungen zu suchen.

Gregors Stimme gewann seine Aufmerksamkeit. „Wenn Cassidy nicht findet, was sie braucht, dann frage ich alle Ärzte, die an meinem Informationsprojekt beteiligt sind."

Gregor war der Einzige, der Dr. Sid bei ihrem vollständigen Namen ansprach.

Dem Ärztepaar hatte es nicht gefallen, dass es Drachenwandlern an einer zentralen medizinischen Vereinigung oder Autorität fehlte, um Informationen zu speichern und auszutauschen. In den letzten Monaten hatte Gregor daher begonnen, seine eigene zu gründen, und Sid half, wenn möglich. Finn hatte Layla auch die Erlaubnis erteilt, mitzuwirken, wann immer sie konnte.

Finn nickte. „Aye, ich weiß, du wirst alles tun, was in deiner Macht steht, um uns zu helfen, Gregor." Er sah wieder zu Arabella im Schaukelstuhl hinüber, wie sie Freya hielt, während sie ihr ein Schlaflied vorsang. „Ich habe es aufgeschoben, einen anderen Arzt zu finden, der Layla hilft, aber sobald meine Tochter wieder in Sicherheit ist, werde ich es ganz oben auf meine Liste setzen. Auf diese Weise kann Lochguard mehr zu deinem Projekt beitragen und hoffentlich können wir anderen Kindern in Not helfen. Ich bin sicher, Freya ist nicht der einzige Fall."

„Ich habe zwar nicht viel erreichen können, aber ich habe von anderen Kleinen gehört, die mit geschlitzten Pupillen aufgewacht sind. In diesen Fällen war es die Folge eines Traumas oder des Todes eines oder beider Eltern. Das ist hier nicht der Fall, aber sobald ich irgendwas Relevantes erfahre, sage ich es dir sofort, Finn."

„Danke, Gregor."

Der Arzt ging auf die andere Seite des Zimmers

und zog sein Handy heraus, zweifellos, um sich an die Arbeit zu machen und Finn und Arabella ein wenig Privatsphäre zu geben.

Als Finn auf seinen schlafenden Sohn hinabsah, beschloss er, ihn neben seinen immer noch schlafenden Bruder ins Bettchen zu legen. Gerade als er an Arabellas Seite treten wollte, kam Sid zurück in den Raum. Er fragte: „Und?"

Sie schüttelte den Kopf. „Der Arzt vor mir hat bei der Aufbewahrung von Aufzeichnungen schlechte Arbeit geleistet, und die Hälfte davon war aufgrund eines Wasserschadens vor zehn Jahren unlesbar. Tristan wusste auch von nichts, sagt aber, er könne es vielleicht herausfinden."

Er runzelte die Stirn. „Wie? George MacLeod ist vor Jahren spurlos verschwunden."

Sid zuckte mit den Schultern. „Er sagte, er werde mich so bald wie möglich anrufen. Ich schlage vor, Freya hierzubehalten, falls ihr Drache wieder auftaucht. So können Gregor oder ich sie im Auge behalten und uns was einfallen lassen, um zu helfen."

Finn wollte schreien, dass das nicht gut genug sei, aber er hielt sich zurück.

Arabella meldete sich aus der Ecke zu Wort. „Was ist mit Holly? Wie geht's ihr?"

Trotz allem sorgte sich seine Gefährtin noch um seine Familie. Er konnte sich keine bessere Frau vorstellen, die er die Seine nennen könnte.

Sid steckte die Hände in die Taschen ihres

Laborkittels. „Sie ist noch in den Wehen, aber nichts Ungewöhnliches. Es ist noch zu früh, um es endgültig zu sagen, aber das Drachenblut scheint ihr zu helfen."

Gregor sah von seinem Handy auf. „Und denk dran, dass ich nicht mehr zu deinem Clan gehöre und mich nicht von dir beschimpfen lasse. Aber ich habe Tyler gebeten, Tante Lorna anzurufen."

Arabella meldete sich aus der Ecke zu Wort. „Gut. Sie sollte hier sein." Sie begegnete Finns Blick. „Nicht, weil ich dich nicht für fähig halte, denn du bist ein brillanter Clanführer. Aber sie gehört zur Familie und verdient es, hier bei uns zu sein, um Holly zu feiern."

Und Freya zu genießen, solange sie es noch kann, blieb ungesagt.

Doch wenn es nach Finn ging, würde seine Tochter ein langes Leben führen, mit einem psychisch stabilen inneren Drachen.

Sein Tier meldete sich zu Wort. *Nur, weil du es sagst, wird es noch nicht wahr.*

Aye, aber ich habe kaum angefangen. Wenn ich bei den Drachenwandlern in Großbritannien und Irland jeden Gefallen einfordern muss, den ich bei ihnen guthabe, werde ich das tun.

Er stellte sich an Arabellas Seite und starrte in Freyas schlafendes Gesicht. „Ich gebe nur ungern zu, dass du recht hast, aber das hast du, Ara. Tante Lorna hält uns alle geerdet."

Er legte seine Hand auf Arabellas Schulter, und

sie legte ihre auf darauf. Diese neueste Entwicklung war ein Test. Aber er und Arabella waren stark und würden diese Schlacht gewinnen. Dessen war er sich sicher.

Kapitel Fünf

Arabella hatte gerade ihre Babys wieder gefüttert und sie zurück in den Schlaf gebracht, als Faye und Grant das Kinderzimmer betraten, der kleine Mac-im-Quadrat wand sich in Grants Armen.

Sie gab ihnen ein Zeichen, leise zu sein, ging zu ihnen und flüsterte: „Was macht ihr hier? Ich habe Finn doch gesagt, dass ihr zu Hause bleiben sollt. Es müssen doch nicht alle auf Klappbetten und dem Boden schlafen."

Faye hob die Brauen. „Wenn du glaubst, dass mich das Schlafen auf dem Boden davon abhält, meine Cousins und die kleine Freya zu unterstützen, dann musst du erschöpft sein und ohne Verstand." Sie schlang Arabella in die Arme. „Wenn du eine Pause brauchst, kann Grant für ein paar Minuten auf sie alle aufpassen, während wir uns einen Kaffee schnappen."

Arabella ließ Faye los und lächelte. „Nein, mir geht's gut. Sie schlafen schließlich alle. Sobald sie aufwachen, wird es zu einem Irrenhaus."

Grant ließ Mac-im-Quadrat hüpfen und grunzte leise. „Wir werden helfen, wenn sie es tun, auch wenn Finn bis dahin von seiner wichtigen Clanangelegenheit zurückkehrt. Außerdem liebt der kleine Jamie hier seine Cousins und wird dabei helfen, Freya zu beschäftigen."

Arabella ergriff die Hand von Mac-im-Quadrat. „Er hat gerade erst angefangen zu krabbeln. Wenn er das vor Freya tut, könnte ihr Drache neidisch werden und rauskommen."

Faye klopfte auf die Tasche an ihrer Hüfte. „Ich habe Freyas Lieblingsspielzeuge und Bücher alle mitgebracht. Ich bin sicher, wir können das kleine Tier besänftigen."

Sie lächelte. „Danke, Faye. Ich weiß, dass du Zweifel daran hast, Mutter zu werden, aber ausgehend vom heutigen Tag, denke ich, dass du es gut machen wirst."

Faye winkte das ab und antwortete: „Wir werden sehen. Ich bin vielleicht noch keine Mum, aber ein paar Talente meiner eigenen Mutter haben auf mich abgefärbt."

„Zu schade, dass Kochen nicht darunter ist", sagte Grant, und Belustigung tanzte in seinen Augen.

Faye streckte die Zunge heraus. „Das überlasse ich dir. Außerdem werde ich bald die Nahrungsquelle sein, sobald die Kleinen geboren sind. Und es wird deine Pflicht sein, mich richtig zu ernähren."

Mac-im-Quadrat plapperte, und Grant setzte ihn anders hin. „Ich nehme den kleinen Jamie mit, um nach Holly und Fraser zu sehen. So wecken wir die Drillinge nicht auf." Grant küsste Faye sanft. „Ich bringe dir sogar einen Scone mit Clotted Cream."

Faye seufzte. „Ist zwar nicht von meiner Mutter, aber jeder Scone ist besser als keiner."

Grant schüttelte den Kopf und verließ das Zimmer. Faye zögerte nicht, einen Arm um Arabellas Taille zu schlingen und sie zu einem Polstersessel zu führen. „Du musst dich ausruhen. Wenn einer der Jungs aufwacht, kümmere ich mich um ihn. Und ich wecke dich nur, wenn Freyas Pupillen wieder geschlitzt sind."

„Mir geht's gut —"

„Sag nicht, dass es dir gut geht. Ich weiß, du denkst, du musst immer stark sein, Ara, aber selbst die Gefährtin eines Clanführers muss manchmal ein oder zwei Emotionen zulassen."

Sie ließ sich von Faye zum Sessel führen und setzte sich. „Um ehrlich zu sein, die Emotionen, die an diesem Punkt ausbrechen wollen, sind Unsicherheit und Angst."

Arabella hielt inne und fragte sich, ob sie Faye von ihrer Vergangenheit erzählen sollte.

Ihr Drache knurrte. *Wir können Faye vertrauen. Sie würde uns nie bemitleiden oder geringschätzen.*

Ich weiß, aber sie hat ein Bild von uns, und ich habe Angst, es zu zerstören.

Das hat dich zum Teil davon abgehalten, dich an mich zu wenden. Blockier die anderen nicht. Wir haben Finn und die MacKenzies. Sie sind unsere Familie.

Sie atmete tief durch, und die Worte sprudelten von ihren Lippen: „Ich habe meine Mutter und meinen Vater verloren. Und in gewisser Weise auch meinen Bruder. Ich liebe Finn und würde nie meinen Platz in Lochguard hergeben, aber manchmal vermisse ich Tristan. Und wenn einem meiner Kinder was zustößt, bin ich mir nicht sicher, ob ich damit zurechtkomme. Ich neige dazu, mich einzuigeln, wenn es hart auf hart kommt. Finn hat mir dabei geholfen, diese Gewohnheit zu durchbrechen, aber sie könnte immer wieder zurückkommen."

Faye ging in die Hocke, damit sie mit Arabella auf Augenhöhe war. „Wir alle müssen uns Sorgen stellen, aber eines ist sicher: Die MacKenzies halten zusammen, egal was passiert. Zögere niemals, uns um Hilfe zu bitten. Schließlich musst du Finn ertragen. Und das ist Strafe genug."

Sie lächelte. „So schlimm ist er gar nicht."

Faye schnaubte. „Ich weiß. Fraser ist schlimmer." Sie zwinkerte. „Aber im Ernst, ich betrachte dich als meine Schwester, Ara. Versprich mir, dass du um Hilfe bittest, wenn du sie brauchst."

Manchmal vergaß Arabella, wie sehr sich ihr Leben im letzten Jahr verändert hatte. Sie musste sich nicht mehr allein auf sich selbst verlassen, sondern hatte mehr Personen, denen etwas an ihr lag, als sie zählen konnte.

Ihr Drache richtete sich auf. *Und mich.*

Ja, und dich, Liebes.

Sie nickte. „Ich versuche es. Ich weiß, du willst, dass ich, ohne zu zögern Ja sage, aber manchmal habe ich immer noch Probleme mit Finn. Gib mir ein paar Jahre, und ich bin sicher besser darin."

„Aye, das glaube ich auch." Faye stand auf und holte Arabellas Laptop aus ihrer Tasche. „Ich dachte, du willst den vielleicht haben. Ich weiß, dass du immer gern darauf herumspielst, wenn du eine Minute zu Hause hast."

Arabella nahm den flachen Laptop, legte ihn auf ihre Beine und eine Hand auf die Abdeckung. Finn und die Ärzte hatten um etwas Zeit gebeten, aber Arabella war sich nicht sicher, ob sie warten konnte. Sie öffnete den Computer und fuhr ihn hoch. „Danke, Faye. Ich muss tatsächlich ein paar Dinge erledigen, solange ich Gelegenheit dazu habe."

„Und während du das tust, werde ich die Augen schließen, aber meine Ohren offenhalten." Sie gähnte und setzte sich in einen der anderen Sessel. „Grants Kleine auszutragen, wird mich am Ende noch zu einer langweiligen Person machen. Ich schwöre, dass ich nie Energie habe."

„Es wird besser werden, irgendwann. Obwohl du dann eine neue Art von Erschöpfung erleben wirst, sobald sie auf der Welt sind."

Faye schloss die Augen. „Erinnere mich nicht daran."

Während ihre Cousine döste, öffnete Arabella ein neues Fenster auf ihrem Laptop und zögerte. Könnte sie damit umgehen, wenn sie erfuhr, dass ihr Vater wirklich tot war?

Ihr Tier meldete sich zu Wort. *Wissen ist immer besser. Denn wenn er weg ist, müssen wir daran arbeiten, es zu akzeptieren. Nicht nur dir zuliebe, sondern auch für die Kinder.*

Arabella musste zugeben, dass ihr Drache recht hatte. Sie gab eine Internetadresse ein und begann mit der Suche. Selbst wenn ihr Vater weg war, hatte sie ein weiteres Ziel: Seine Allergien herauszufinden. Nur dann konnte sie vielleicht ihrer Tochter helfen.

Finn stand in der Wachstation, direkt vor dem Haupttor des Clans, und verkniff es sich, im Raum auf- und abzugehen. Um seine Energie einzudämmen, verschränkte er die Arme vor der Brust und sah Shay und Zoe an, zwei seiner Beschützer. „Sollten sie nicht schon hier sein?"

Zoe schüttelte den Kopf. „Tristan MacLeod kommt mit dem Auto. Und selbst wenn er zu schnell fährt, dauert es einige Zeit."

„Ich wünschte nur, er würde mir verdammt nochmal sagen, warum er persönlich kommen musste", knurrte Finn.

Shay grinste. „Es kommt nicht jeden Tag vor, dass man seinem Clan-Anführer sagen kann, er soll ein wenig Geduld haben."

Finn grunzte. „Aye, und wenn das von dir kommt, derjenigen mit den berüchtigten Wutausbrüchen, ist das noch hundertmal schlimmer."

Shay zuckte mit den Schultern. „Vielleicht bin ich gereift."

Zoe schnaubte. „Sicher, und ich bin die Königin von England."

„Schottland wäre besser", sagte Shay.

„Schön, wie wär's mit Königin des Planeten Erde?"

„Oder der Galaxie?"

Finn seufzte. „Seid ihr sicher, dass ihr zwei Beschützer seid? Ich komme mir vor, als wäre ich wieder in der Grundschule."

„Nun, du bist älter als wir, also wenn du in der Grundschule bist, sind wir im Kindergarten ...", begann Shay.

Finn öffnete die Arme und hob eine Hand. „Hört einfach auf!" Er beugte sich zum Überwachungsmonitor. „Das muss Tristan sein."

Die beiden Beschützerinnen sahen ebenfalls zum Sicherheitsfeed.

Eine dunkle Limousine hielt endlich vor dem Tor, und das Bild wechselte zur Fahrerseite. Richtig, Tristans dunkler Kopf und seine verärgerten braunen Augen starrten in die Kamera. Finn tippte auf einen Abschnitt des Bildschirms. „Aber wer ist diese schattenhafte Gestalt auf dem Rücksitz? Das kann nicht Melanie sein, denn sie sitzt vorn."

Shay und Zoe hatten keine Antwort.

„Ich hoffe, er vertraut dieser Person", sagte Finn.

Zoe meldete sich zu Wort. „Bram vertraut Tristan, aye? Dann würde er nie zulassen, dass jemand ihn begleitet, der Schaden anrichten kann. Ganz zu schweigen davon, dass kein Drachenmann jemals seine eigene Gefährtin in Gefahr bringen würde. Solange Melanie da ist, wird Tristan vorsichtig sein."

Sein Drache mischte sich ein. *Darauf hättest du auch selbst kommen können.*

Sagen wir einfach, ich habe andere Dinge im Kopf.

Tristan betätigte die Sprechanlage, und seine Stimme erfüllte die Wachstation. „Tristan MacLeod und Melanie Hall-MacLeod, mit einem Gast und einem Beschützer."

Finn drückte die Kommunikationstaste. „Wer ist der Gast?"

Er öffnete den Mund, doch Melanie kam ihm zuvor. „George MacLeod."

Finn blinzelte. „Wie bitte?"

„George MacLeod, Tristans und Arabellas Vater", antwortete Melanie.

Er versuchte, die Gesichtszüge des Mannes zu erkennen, konnte es aber nicht. „Er lebt?"

Melanie nickte. „Lasst uns rein, und wir erklären alles. Brenna Rossi ist hier, um George Vollzeit zu überwachen und euch so zu beruhigen."

„Du willst, dass ich jemanden reinlasse, der rund um die Uhr eine Wache braucht?", verlangte Finn zu erfahren.

Melanie kam ihrem Gefährten mit der Antwort zuvor: „Er muss nur lange genug hier sein, damit Dr. MacFie eine Akte anlegt und möglicherweise eine Ampulle mit Blut entnehmen kann."

„Und warum kann das nicht in Stonefire gemacht werden? Arabella braucht nicht noch mehr Stress."

Tristan meldete sich zu Wort. „Ich glaube, Ara ist endlich bereit für die Wahrheit, sonst wäre ich nicht hier."

Sein Drache ergriff das Wort. *Wenn wir ihn abweisen, verzeiht Ara uns das vielleicht nie.*

Und wenn er eine Bedrohung ist? Ich sollte meine Familie keiner Gefahr aussetzen.

Mit unseren Beschützern und denen von Stonefire sollte es uns gut gehen. Du kennst Brennas Ruf. Wenn sie die Beschützer des irischen Clans während eines Angriffs kontrollieren konnte, kann sie auch auf einen einzelnen Mann aufpassen.

Finn starrte ein paar Sekunden auf das Video. Er seufzte schließlich. „Ich erlaube euch, reinzukommen, aber ich will zuerst mit euch reden, bevor ich euch zu Arabella bringe."

Finn schaltete das Mikrofon aus, drückte auf den Entriegelungsknopf und drehte sich zu seinen beiden diensthabenden Beschützerinnen um. „Shay, lass Faye und Grant von der Situation wissen. Du musst wahrscheinlich persönlich mit ihnen sprechen. Sie sind auf der Krankenstation, und ihre Handys sind möglicherweise stummgeschaltet. Und Zoe, du kommst mit mir."

An Finns Befehle gewöhnt eilte Shay hinaus, und Zoe folgte Finn aus dem Gebäude zu dem geparkten Auto draußen.

Brenna Rossis große, dunkelhaarige Gestalt stieg zuerst aus dem Fahrzeug.

Nach dem ersten Schock konnte Finns nun wieder rational denken. Wenn man bedachte, dass Brenna ihren Gefährten kürzlich während dessen Tortur bei Verstand gehalten hatte, einer Tortur, nach der der Mann am Ende einen zweiköpfigen inneren Drachen hatte, sollte sie kein Problem damit haben, einen einzelnen Drachenwandler unter Kontrolle zu bekommen.

Melanie und Tristan stiegen als Nächste aus. Obwohl Finn nicht gerade sagen würde, dass er der beste Freund seines Schwagers war, respektierte er Tristans Liebe und Fürsorge für seine menschliche Gefährtin und die Zwillinge.

Alle drei stellten sich zusammen, direkt vor die Autotür, die sich noch nicht geöffnet hatte. Tristan sah Finn an, und als er nickte, hob Tristan den Griff und zog daran.

Ein Mann, der nur etwas kleiner war als Finn, mit grauen Haaren und einem gealterten Gesicht voller Falten vom Stirnrunzeln, kam zum Vorschein. Das Auto blockierte den größten Teil seines Körpers, aber der Mann ging in ruckartigen Bewegungen. Als er endlich um das Auto herum war, sah Finn, warum.

Er benutzte Metallkrücken, die um seine Unterarme geschlungen waren, und hielt sie mit seinen Fäusten. Als Finn sah, wie sich der Stoff seiner Hose um seine Unterschenkel bewegte, schloss er, dass er Prothesen trug.

Fehlende Gliedmaßen waren immer noch kein Grund, eine Familie im Stich zu lassen. Finn würde die Wahrheit hören, aber er hatte nicht vor, den Mann zu bemitleiden, der Arabella hätte helfen sollen, als sie es am meisten gebraucht hätte.

Tristan deutete auf seinen Vater. „George MacLeod, das ist Finn Stewart, Lochguards Clan-Anführer und Arabellas Gefährte."

George musterte Finn einen Moment lang, bevor der Mann seinen Blick zur Seite abwandte. Da er nichts sagte, konzentrierte sich Finn auf Tristan. „Ich hoffe, du hast einen verdammt guten Grund dafür, Tristan. Ich kann nicht sagen, dass ich gerade besonders ausgeglichen bin. Der Mann, der behauptet, dein Vater zu sein, hat Arabella verlassen, genauso wie dich. Welches Recht hat er, jetzt hier zu sein, wenn meine Familie kurz vor einer Krise steht?"

George antwortete: „Ich habe keins."

Bevor Finn mehr tun konnte als die Stirn zu runzeln, ergriff Melanie das Wort: „Ein Schreikampf wird Freya nicht helfen. Erklärungen können warten. Es ist wichtiger, dass Dr. MacFie, Sid und

Gregor mit George reden. Sobald das erledigt ist, könnt ihr zwei meinetwegen eure Schreikämpfe rauslassen."

„Ich habe nicht gesagt, dass ich schreien werde", erklärte Finn. „Aber ich werde auch nicht charmant sein."

Melanie verdrehte die Augen. „Ich werde das nicht kommentieren." Sie drehte sich zum Hauptweg. „Wirst du uns jetzt zur Krankenstation begleiten, oder soll ich einfach allein gehen?"

Finn knurrte: „Folgt mir." Er durchbohrte George mit seinem Blick und kümmerte sich nicht darum, dass der Mann es wahrscheinlich nicht sah, weil seine Augen auf den Boden gerichtet blieben. „Versuchen Sie irgendwas, und ich werfe Sie in eine Zelle und erlaube den Ärzten, ihre Untersuchungen durchzuführen."

George antwortete nicht. Aber Finns Drache meldete sich zu Wort. *Ich glaube, er ist gebrochen. Vielleicht fährst du die Drohungen ein wenig runter.*

Bis ich die Wahrheit weiß, nein, werde ich nicht. Arabella hat seinetwegen gelitten.

Soweit wir wissen, könnte das nicht ganz stimmen. Außerdem können wir die Vergangenheit nicht ändern. Und selbst wenn wir könnten, würde das wahrscheinlich dazu führen, dass wir niemals mit Ara zusammenkämen.

Finn wollte den Punkt nicht diskutieren, ignorierte sein Tier und ging schneller. Er nahm den hinteren Eingang zur Krankenstation und versam-

melte alle in einem privaten Warteraum. Er bat eine
der Schwestern, einen Arzt zu holen, bevor er die
Tür zuzog und verriegelte. Er sah der Reihe nach
Tristan, Melanie und George an. „Ich denke,
während wir auf den Arzt warten, müsst ihr
anfangen zu reden und mir sagen, was zum Teufel
los ist."

Melanie zuckte bei der Dominanz in seiner
Stimme nicht mit der Wimper. „Ich verstehe ja, dass
du Arabella beschützen willst, aber du könntest
versuchen, kein ganz so großes Arschloch zu sein."

Tristan schnaubte, aber Finn ignorierte ihn. „Ich
werde bald wieder ganz mein charmantes Ich sein.
Aber das Leben und der Verstand meiner Tochter
könnten in Gefahr sein, ganz zu schweigen von
Arabellas sogenanntem Vater, der meine Gefährtin
in einen Zustand der Depression zurückschicken
könnte oder schlimmer. Du verstehst Drachenwandler fast besser als jeder andere Mensch, Mel.
Du weißt also, bis alle Bedrohungen besiegt sind,
werde ich nicht nachlassen."

Sie seufzte. „Ich weiß, aber ich denke immer
noch, dass ich eines Tages einen von euch zur
Vernunft bringen kann."

Tristan meldete sich zu Wort. „Wie wäre es,
wenn wir die Situation einfach erklärten?" Er
deutete auf George. „Ich habe ihn erst im letzten
Jahr gefunden. Ich habe überlegt, ob ich es Ara
erzählen soll, aber dann hat sie dich gefunden, und
ich wollte ihr neu entdecktes Glück nicht bedrohen."

„Aye, nun, das ist über ein Jahr her. Also fangen Sie an zu reden!", befahl Finn.

Georges ruhige Stimme erfüllte den Raum. „Kurz nach dem Tod meiner Gefährtin ist mein Drache wild geworden."

Er fokussierte den älteren Mann. Finn spürte, dass George einen Moment brauchte, und hielt den Mund. George fuhr schließlich fort: „Herauszufinden, dass deine wahre Gefährtin gefoltert und ermordet wurde, sowie die Tatsache, dass deine Tochter in Brand gesteckt wurde, ist schwer zu verdauen. Ich weiß, dass Drachenmänner stark sein sollen und jedes Problem angehen. Aber auch wenn ich meine Trauer und meinen Ekel über mein eigenes Versagen wegstecken konnte, während Ara sich von ihren Verbrennungen erholte, stürzte es über mir ein, sobald sie entlassen wurde und wieder zu Hause war." Endlich begegnete er Finns Blick. Die Verzweiflung in den Augen des anderen Mannes ließ ihn fast den Atem anhalten. „Mein Drache hat um sich geschlagen und die Kontrolle übernommen. Ich schaffte es gerade noch nach draußen in die Luft und in einen abgelegenen Teil von Yorkshire, bevor ich jeglichen Einfluss auf mein Tier verlor. Ich hatte das Glück, ein paar clanlose Drachenwandler zu finden, die mich davon abhielten, etwas Unumkehrbares zu tun."

„Sie waren über ein Jahrzehnt weg", erinnerte Finn.

„Zuerst habe ich nicht gegen meinen Drachen

gekämpft. Es war einfacher, uns von seinem Instinkt leiten zu lassen, als mich auf meine Misserfolge zu konzentrieren. Als ich jedoch kurz davor stand, ein Dorf zu zerstören, griff ich auf Drogen zurück, um meinen Drachen ruhig zu halten."

„Und da haben Sie immer noch nicht daran gedacht, Ihre Kinder zu kontaktieren?"

George schüttelte den Kopf. „Ihr Leben war ohne mich besser."

„Feigling", knurrte Finn.

„Ja, das war ich", antwortete George.

Finns Drache meldete sich zu Wort. *Er ist eindeutig am Boden. Auch wenn ich seine Feigheit verabscheue, wird es Arabella oder unseren Kindern nicht helfen, ihn anzuschreien.*

Aber er hat seine Familie verlassen! *Das ist unverzeihlich.*

Das werde ich auch nicht leugnen. Aber es sollte Arabella sein, die entscheidet, ob sie ihm vergibt oder ihn wegstößt. Nicht wir.

Finn grunzte. „Ihnen meine Meinung über Ihre Taten zu sagen, ist sinnlos, da sie nicht wichtig sind. Wenn Arabella Ihnen jedoch sagt, Sie sollen Lochguard verlassen, werden Sie es tun."

George nickte, und Tristan mischte sich ein. „George kennt nicht das volle Ausmaß seiner Allergien, aber er erwähnte etwas über Reaktionen in freier Wildbahn. Ich denke, es ist am besten, Sid oder die anderen Ärzte tun zu lassen, was sie tun müssen, bevor sie ihn zu Ara bringen."

Finn bemerkte, dass Tristan seinen Vater bei seinem Vornamen nannte, beschloss aber, später danach zu fragen. „Aye, dem stimme ich zu. Ihr werdet hierbleiben. Ich werde nach Ara und unseren Kleinen sehen." Er sah Brenna an. „Es ist deine Pflicht, meiner Anweisung zu folgen und sie umzusetzen, aye?"

„Ich habe nicht vor, Ärger zu machen, Finn", antwortete sie.

„Gut, dann bin ich jetzt weg."

Damit verließ Finn den Raum und fuhr sich mit der Hand durch die Haare. *Wie soll ich das Arabella erklären?*

Sag ihr die Wahrheit. Das ist alles, was sie will.

Das sagst du so leicht, Drache.

Finn beschleunigte sein Tempo und ging zum Kinderzimmer. Seine Gefährtin hatte keine Ahnung, dass sich ihr Leben bald ändern würde.

Vielleicht konnte er eines Tages sein Versprechen wahrmachen, ihr eine sichere, stabile Zukunft zu geben.

Doch da war er leider noch nicht.

Kapitel Sechs

Da Faye wegen einer dringenden Beschützerangelegenheit aus dem Kinderzimmer geeilt war, hatte Arabella ihren Laptop beiseitegelegt und schaukelte im Schaukelstuhl, bereit für den Fall, dass eines ihrer Babys sie brauchte. Sie versuchte normalerweise zu schlafen, wenn ihre Kinder es taten, aber selbst mit geschlossenen Augen wirbelte ihr Gehirn weiter.

Ihre Suche hatte zum einen noch nichts über ihren Vater ergeben. Und zweitens fragte sie sich, was Finn so lange fernhielt.

Ihr Drache meldete sich zu Wort. *Er wird nicht länger wegbleiben, als unbedingt notwendig ist.*

Ich weiß, aber ausnahmsweise möchte ich tatsächlich Leute um mich herum haben. Ist es falsch zu wünschen, dass Tante Lorna so schnell wie möglich nach Hause kommt? Ich vermisse sie.

Natürlich ist es nicht falsch. Sie ist wie eine

Mutter für mich. Allein sie in meiner Nähe zu haben, wird uns und Freya helfen.

Sie hörte die Tür und öffnete sofort die Augen. Finn stand bereits am Bettchen und blickte auf ihre Kinder hinunter.

Sie stand auf und ging sie zu ihrem Gefährten. Als er sie jedoch nicht an sich zog und ihren Kopf küsste, wusste sie, dass etwas nicht stimmte. Finn tat das immer, wenn er wegen einer dringenden Angelegenheit weggeeilt war, um sie wissen zu lassen, dass er sie vermisst hatte. „Was ist passiert?"

„Tristan und Melanie sind hier."

Sie runzelte die Stirn. „Was? Warum? Nicht, dass ich meinen Bruder und meine Schwägerin nicht sehen wollte, aber sie sollten wochenlang nicht zu Besuch kommen." Seufzend sah Finn ihr in die Augen. Bei seinem unlesbaren Gesichtsausdruck setzte ihr Herz einen Schlag aus, und jedes Worst-Case-Szenario ging ihr durch den Kopf. „Bitte sag mir, dass es ihnen gut geht und den Zwillingen auch."

„Es geht allen gut."

Bei seiner monotonen Antwort flammte Wut auf. Aus Rücksicht auf die Babys hielt sie ihren Ton leise, aber entschlossen. „Sag mir einfach, was los ist, Finn. Du zögerst und machst die Situation nur noch schlimmer."

Er ergriff sanft ihren Bizeps und führte sie zur anderen Seite des Raumes, bevor er flüsterte: „Tristan hat deinen Vater gefunden."

Ihr Herz setzte einen Schlag lang aus. „Das ist unmöglich."

Finn schüttelte den Kopf. „Nein, er ist hier. Dr. Sid und Gregor sollten bei ihm sein, während wir sprechen."

Sie war hin- und hergerissen zwischen dem Wunsch, aus dem Raum zu eilen, um ihren Vater zu finden, und dem Versuch, ihm aus dem Weg zu gehen.

Ihr Drache grunzte. *In dieser Situation sollten wir nicht den Kopf einziehen. Du wolltest doch einen Abschluss. Das wäre es.*

Ich brauche mehr Informationen, bevor ich zu ihm eile. Wir haben keine Ahnung, was er vorhat.

Als sie Finns Blick begegnete, fragte sie: „Irgendwas muss doch los sein. Sonst wärst du nicht so leise und zurückhaltend."

Er seufzte. „Du kennst mich schon zu gut, Liebes."

Sie legte eine Hand auf seine Brust und beugte sich näher, um zu murmeln: „Sag es mir einfach, Finn."

Er legte seine Arme um sie und zog sie an seinen Körper. „Er ist hier, aber ich vermute, dass er anders ist, als du ihn in Erinnerung hast. Es ist fast so, als hätte er aufgegeben, und das hast du noch nie von ihm erwähnt."

Mehr als jeder andere verstand Arabella das Gefühl, am Boden zu sein. Wenn sie Finn nicht getroffen hätte, hätte sie vielleicht auch aufgegeben. „Weißt du, wo er war?"

Fraser rieb langsame Kreise über ihren Rücken. „Untergetaucht." Finn gab weiter, was er über das Verstecken ihres Vaters und die anschließende Drogenabhängigkeit wusste, bevor er hinzufügte: „Sag mir, was ich tun soll, Ara. Wenn du ihn loshaben willst, gebe ich den Befehl. Wenn du ihn treffen möchtest, werde ich das auch arrangieren. Aber ich hoffe, du verstehst, warum ich ihn zuerst allein gesehen habe, bevor du es konntest."

Sie nickte. „Das tue ich. Wenn du mir nicht von ihm erzählt hättest, dann wäre ich verdammt verärgert und würde schreien, wenn ich es herausfände. Aber du hast es mir gesagt. Und jetzt kann ich ihm gegenübertreten, ohne dass ein Schock mein Gehirn trübt."

Er küsste ihre Stirn. „Meine brillante Gefährtin erstaunt mich immer wieder."

Normalerweise würde sie einen Witz machen, aber Arabella war erschöpft, und es sah so aus, als müsse sie ihre Kräfte schonen. „Wann kann ich ihn sehen?"

Er beugte sich zurück und berührte ihre Wange. „Bis ich sicher bin, dass er keine Bedrohung darstellt, werde ich ihn nicht in die Nähe unserer Kinder lassen. Das bedeutet, sie für eine kurze Zeit in der Obhut eines anderen zu lassen, weil ich mit dir gehen werde."

„Ich weiß." Mit einem Finger umfuhr sie Finns

Kinn. Gerade als sie versuchte zu entscheiden, wer die beste Wahl wäre, um auf ihre Babys aufzupassen, öffnete sich die Tür, und Tante Lornas grau-blonde, rundliche Gestalt zeigte sich.

Lorna eilte zu ihnen. „Ich bin so schnell hergekommen, wie ich konnte." Sie umarmte beide. „Ist es wahr? Was Faye mir über Freya erzählt hat?"

Arabella antwortete als Erste. „Ja. Sie ist vorerst stabil, obwohl die Ärzte an einer längerfristigen Lösung arbeiten." Sie blickte hinter Lorna, konnte ihren Gefährten aber nicht sehen. „Ist Ross bei Holly?"

„Aye. Holly kommt der Entbindung immer näher, was bedeutet, dass Fraser sie verrückt macht. Ross fungiert also als Friedenshüter."

Trotz allem, was vor sich ging, konnte Arabella nicht anders als zu lächeln. „Ist das klug? Normalerweise gibt es nur noch mehr Streitereien, wenn Ross und Fraser zusammenkommen."

Lorna schnalzte mit der Zunge. „Beide sollen ihr bestes Verhalten an den Tag legen, wie sie es mir versprochen haben. Aber es wird ihnen schon gut gehen. Sag mir, was ich tun kann, um meiner Enkelin zu helfen."

Etwas so Einfaches wie Lorna, die Freya als ihre Enkelin und nicht als ihre Großnichte sah, half Arabella, sich ein wenig zu entspannen. Das Einzige, was die MacKenzies immer im Überfluss hatten, war Liebe.

Nun, und Sturheit. Aber ihre Liebe war wichtiger.

Arabella ging zum Bettchen, und Finn und Tante Lorna folgten. Arabella hielt ihren Blick auf den drei schlafenden Babys. „Ich weiß, du bist gerade erst zurückgekehrt, aber könntest du kurz auf Freya und die Jungs aufpassen? Finn und ich haben was zu erledigen."

Lorna sah sich das Paar an. „Ich spüre, dass es wichtig ist, aber dass du es jetzt nicht besprechen möchtest. Solange du versprichst, dies zu tun, sobald es möglich ist, aye, es ist kein Problem, auf die Drillinge aufzupassen. Sie sind Engel, verglichen mit der Zeit, als meine eigenen Kinder in ihrem Alter waren."

„Ich denke, das ist geflunkert, Tante Lorna. Aber darüber können wir später reden." Arabella umarmte die ältere Drachenfrau. „Danke!" Arabella ließ sie los und sah Finn an. „Lass uns gehen."

Er hob eine Braue. „Bist du dir sicher, dass du das jetzt tun möchtest?"

„Ja." Sie nahm Finns Hand und drückte sie. „Ich habe aufgehört davonzurennen und mich zu verstecken, als ich dich getroffen habe, und ich werde es jetzt verdammt nochmal nicht wieder tun."

Finn hob ihre ineinanderliegenden Hände und küsste ihren Handrücken. „Ich liebe dich, Arabella. Du bist so verdammt brillant!"

Sie widerstand dem Erröten. Sie hatte immer

noch Probleme mit Komplimenten, egal, wie oft Finn sie ihr machte. „Du bist nicht mehr so grantig, was ein gutes Zeichen ist. Hoffen wir, dass es für dieses Treffen so bleibt."

Er nickte seiner Tante zu, und sie verließen den Raum. „Ich kann nichts versprechen, was meine Grantigkeit betrifft. Aber lass mich wissen, wenn du gehen musst. Wir könnten ein Stichwort vereinbaren, oder du könntest mir einfach sagen, dass du gehen willst."

„Normalerweise würde ich das schlimmste Stichwort wählen, das mir einfällt, aber ich bin erschöpft, mache mir Sorgen um Freya und bin nervös, meinen Vater zu treffen." Sie hakte sich bei ihm unter. „Allein dich in der Nähe zu haben, wird schon eine große Hilfe sein."

Nachdem er sie oben auf den Kopf geküsst hatte, gingen sie den Rest des Weges in einer angenehmen Stille. Finn an ihrer Seite gab ihr das Extra an Mut, das sie für das, was kommen sollte, brauchte.

Sie konnte sich ein Leben ohne ihn nicht vorstellen.

Ihr Drache meldete sich zu Wort. *Vergiss mich nicht! Ich bin auch hier, um zu helfen. Immer.*

Sie verdrängte das Schuldgefühl, das aufflammte, wenn sie an das Jahrzehnt dachte, in dem Arabella ihr inneres Tier so gut wie ignoriert hatte, und antwortete: *Und das werde ich nie wieder für selbstverständlich halten, Liebes. Versprochen.*

Finn ließ sie schließlich vor einer Tür zu einem Privatzimmer anhalten. „Er ist hier drin."

Arabella atmete einmal tief durch und öffnete die Tür.

Ein grauhaariger Mann mit hängenden Schultern saß mit dem Rücken zu ihr. Auch wenn er immer aufrecht gesessen hatte, als sie noch ein Kind gewesen war, erkannte sie die Gestalt ihres Vaters.

Tristan war auf der anderen Seite des Raumes, mit Melanie an seiner Seite. Tristan sprach, bevor sie etwas sagen konnte. „Arabella."

Sie wartete darauf, dass ihr Vater seinen Kopf drehte, aber George MacLeod hielt seinen Blick vor sich auf den Boden gerichtet.

Trotz ihrer rationalen Absichten hielt sie Finns Hand fest, um zu verhindern, dass sie ihren Vater anschrie. Als er an ihrem Bett gewesen war, während ihrer Genesung von den schweren Verbrennungen, die sie von den Drachenjägern erhalten hatte, als sie ihren halben Körper in Brand gesetzt hatten, hatte sie Trost von seiner starken Hand bekommen, die ihre unverbrannte Hand hielt, und seine sanfte Stimme hatte sie überredet zu kämpfen.

Erst als er verschwunden war, hatte sie erkannt, wie sehr ihr Vater sie in dieser kritischen Phase ihres Lebens geerdet und zum Kämpfen gebracht hatte.

Und jetzt wollte er sie nicht einmal ansehen.

Emotionen schnürten ihre Kehle zu.

Ihr Bruder wiederholte: „Arabella."

Bei der sanften Stimme ihres sonst so rauen Bruders sah sie schließlich auf. Ein Teil von ihr wollte zu ihm laufen. Finn war ihr Gefährte, und sie liebte ihn, aber Tristan war derjenige gewesen, der für sie gekämpft hatte, als sie jünger gewesen war, anstelle ihres Vaters.

Und sie hatte ihn vermisst.

Als ob Tristan ihre Gedanken las, schloss er die Distanz zwischen ihnen und öffnete seine Arme. Ohne ein Wort ließ Finn ihre Hand los, und Tristan drückte sie fest an sich. Er sagte: „Es tut mir leid, dass ich es dir nicht früher erzählt habe."

Sie schüttelte den Kopf gegen die Brust ihres Bruders und antwortete: „Nein, es ist in Ordnung. Ich habe dich nur vermisst."

Tristan grunzte. „Jetzt, da die Zwillinge älter sind, bin ich sicher, dass wir öfter zu Besuch kommen können." Er lehnte sich zurück und berührte ihr Kinn. „Sag uns einfach, was du jetzt tun möchtest, und ich bin sicher, dass wir uns alle daran halten werden."

Sie sah zu Finn, und er nickte zustimmend.

Der einfachste Weg wäre zu sagen, dass sie gehen, zu ihren Kindern zurückkehren und den Mann vergessen wollte, der sie verlassen hatte, als sie ein Teenager gewesen war.

Und doch würde dies einen Großteil der Fortschritte auslöschen, die sie in den letzten Jahren gemacht hatte.

Sie hatte sich selbst versprochen, nicht wieder zu rennen, und Arabella war entschlossen, dieses Gelübde einzuhalten.

Sie atmete tief durch, drängte sich von Tristan weg und machte ein paar Schritte auf ihren Vater zu.

Sie stellte sich direkt hinter ihn und bemerkte die Metallkrücken, die neben ihm lagen. Da er vorher keine gebraucht hatte, musste auch ihm etwas zugestoßen sein.

Trotz allem wollte sie wissen, was.

Arabella nahm ihren Mut zusammen und stellte sich vor ihren Vater. Da er immer noch nicht aufblickte, sprach sie. „Dad, sieh mich an!"

Eine Sekunde verstrich und dann die nächste. Gerade als sie überlegte, in die Hocke zu gehen, um sein Gesicht zu sehen, begegnete George MacLeod ihrem Blick.

Das Schuldgefühl und der Selbsthass in seinen braunen Augen waren mehr als vertraut. Arabella hatte es jahrelang jeden Tag im Spiegel gesehen.

Sie konnte immer noch wütend sein und würde ihm nicht ohne viel mehr Diskussion und Zeit verzeihen, aber in diesem Moment wusste sie, dass sie ihm helfen wollte.

Weil sie spürte, dass er vielleicht nicht mehr lange leben würde, wenn sie es nicht tat. Und trotz allem, was geschehen war, verdienten ihre Kinder es, einen weiteren Großelternteil zu haben.

Nicht nur, weil die Genetik ihres Vaters helfen könnte, besser zu verstehen, was mit Freya los war, sondern weil irgendwo tief in dem sich selbst hassenden Mann vor ihr der Mann war, an den sie sich erinnerte. Der mit Stücken ihrer und Tristans Macken und Persönlichkeiten.

Noch dazu war er einer der wenigen Verbindungen zu ihrer Mutter.

Sie kauerte sich hin und nahm die Hände ihres Vaters in ihre. Er versuchte, sich von ihr losreißen, doch sie hielt ihn fester. „Nein, ich werde nicht zulassen, dass du dich noch länger versteckst und davonläufst." Sein Blick richtete sich auf die verheilten Verbrennungen an ihrem Hals. Sie knurrte. „Ja, ich habe gelitten, als ich jünger war. Und natürlich habe ich meinen Vater vermisst und mir gewünscht, er wäre da gewesen, um mir zu helfen. Aber im Moment bist du derjenige, der Unterstützung braucht, und ich werde sie dir geben."

Sie hörte kaum seine Worte: „Ich bin es nicht wert."

„Hör auf! Denn wenn du so weitermachst, werde ich eine Frau namens Tante Lorna hierherrufen. Und ich versichere dir, sie ist eine viel stärkere Kraft, mit der man rechnen muss als ich. Aber so oder so werde ich dir helfen, Dad. Du hast bisher fünf Enkelkinder, und sie verdienen es, den Mann zu kennen, an den ich mich erinnere, nicht diesen Halbschatten, zu dem du geworden bist."

Sie hielt den Atem an und wartete. Aus eigener Erfahrung wusste Arabella, dass man manchmal ein wenig Zeit brauchte, um einen Gedanken zu äußern oder auch nur jemandes Hilfsangebot anzunehmen.

Die anderen im Raum mussten dasselbe gespürt haben, weil sie ebenfalls schwiegen.

Ihr Vater sprach endlich wieder. „Ich habe dich und Tristan im Stich gelassen, Ara. Du solltest wütend auf mich sein."

Sie hob eine Braue. „Das bin ich, aber wir können uns später damit befassen, sobald du aufhörst, dich selbst zu hassen. Weil ich einmal genau wie du war. Es bedurfte vieler Liebe von Tristan und seiner Gefährtin sowie der Suche nach meinem eigenen wahren Gefährten, um endlich darüber hinwegzukommen. Die Erfahrung hat mich gelehrt, dass Liebe viele Wunden heilen kann, auch die, die du jetzt hast." Sie drückte seine Hände mit ihren. „Aber ich weiß auch, dass es nichts bewirken wird, wenn du nicht leben willst."

Arabella ließ die Hände ihres Dads los und holte ihr Handy heraus. Nachdem sie ein Bild ihrer drei schlafenden Babys gefunden hatte, drehte sie es zu ihnen um. „Hier sind drei Gründe, warum du kämpfen solltest, Dad. Das sind meine drei Babys – Freya, Grayson und Declan." Sie wechselte zu einem anderen Bild von zwei Kleinkindern. „Und hier sind noch zwei. Das sind Tristans Zwillinge, Jack und Annabel." Sie senkte das Handy und flüsterte: „Die wichtigste Frage ist also – willst du um die Gelegenheit kämpfen, deine Enkelkinder kennenzulernen?

Oder willst du aufgeben und uns alle wieder im Stich lassen?"

Der Blick ihres Vaters wanderte zu Tristan. „Stimmst du Ara zu?"

Tristan grunzte. „Ja. Das versuche ich dir seit Monaten zu sagen, aber du hast ja nie zugehört. Aber du solltest wissen, dass, wenn du dieses Mal verschwindest, ich dir nicht folgen werde. Das war's, George. Entweder erlaubst du uns, dir bei der Heilung zu helfen, oder du wirst nie wieder von uns hören oder uns sehen."

Die Worte ihres Bruders waren härter als Arabellas, aber das war Tristans Art. Wenn ihr Vater in ihrem Leben bleiben wollte, musste er lernen, beide so zu akzeptieren, wie sie in der Gegenwart waren.

Ihr Dad blickte zurück zu Arabella und sagte: „Kann ich die Bilder noch einmal sehen?"

Sie nahm ihr Handy, fand eines der wenigen Fotos mit allen Kindern zusammen und gab es ihm.

Eine Minute oder mehr verging, bevor er flüsterte: „Jocelyn hätte es geliebt, sie alle zu verwöhnen."

Sie verdrängte die Traurigkeit über die Abwesenheit ihrer Mutter und zeigte auf Freya. „Meine Tochter heißt mit vollem Namen Freya Anne Jocelyn Stewart. Finns Mutter wurde ebenfalls getötet, wie Mum. Also dachte ich, unsere Tochter sollte beide Namen ihrer Großmütter bekommen, um sich daran zu erinnern, woher sie gekommen ist."

Eine Träne rann über das Gesicht ihres Vaters.

Er wischte sie schnell beiseite und sah ihr in die Augen. „Ich möchte sie besser kennenlernen, Ara. Wenn du mich lässt."

Emotionen schnürten ihre Kehle zu. Anstatt ihm mit Worten zu sagen, wie sie empfand, umarmte sie ihren Vater. Es dauerte einen Moment, bis er die Umarmung erwiderte.

In diesem Moment spielten die Jahre der Trennung keine Rolle. Die Umarmung und warme Gegenwart ihres Vaters waren ein Trost, von dem sie dachte, dass sie ihn nie wieder haben würde.

Es gab vielleicht viel zu tun, aber sie war froh, ihren Vater wiederzuhaben. Die Frage war, ob er weiter kämpfen würde oder nicht.

Als sie ihren Dad schließlich losließ, drehte sie sich zu Finn um und fragte ihn mit den Augen, ob sie ihm ihre Drillinge zeigen könnten. Finn nickte, machte sich daran, die Krücken ihres Dads aufzuheben, und hielt sie ihm hin. „Aye, nun, Sie werden auf absehbare Zeit hierbleiben. Sie und ich werden uns später noch unterhalten. Aber im Moment denke ich, wir sollten Ihnen unsere Kleinen sowie Tante Lorna vorstellen." Als ihr Dad seine Krücken nahm und aufstand, fügte Finn hinzu: „Sie sollten nur wissen, dass, wenn Sie irgendwas tun, um meine Familie zu verärgern, Sie es mit mir zu tun bekommen."

Ihr Vater nickte, blieb aber still. Arabella mischte sich ein. „Gut, dann lasst uns gehen." Sie sah Tristan und Melanie an. „Ihr beiden solltet auch kommen. Ich weiß, dass ihr bald nach Stonefire zurückkehren müsst, aber hoffentlich könnt ihr wenigstens über Nacht bleiben."

Melanie lächelte. „Da das MDA meinen Eltern ein paar Wochen Urlaub gewährt hat, um in Stonefire zu bleiben, passen sie auf die Zwillinge auf. Ich bin mir sicher, dass Jack und Annabel genug verwöhnt werden, um für ein paar Tage zu vergessen, dass sie überhaupt Eltern haben."

Menschen, die nicht mit einem Drachenwandler verpaart waren, benötigten einen speziellen Pass des britischen Innenministeriums, bevor sie sich auf dem Land eines Clans aufhalten durften. Melanie war maßgeblich daran beteiligt gewesen, das Innenministerium davon zu überzeugen, mehr Pässe auszustellen, insbesondere für Familienmitglieder.

„Gut", sagte Arabella. „Dann könnt ihr ein oder zwei Tage mit den Drillingen verbringen. Wir haben im Moment so schon viel um die Ohren. Und ich muss zugeben, wir können alle Hilfe gebrauchen, die wir bekommen können."

Melanie zögerte nicht. „Bitte uns jederzeit um Hilfe, und wir werden sie dir geben. Das weißt du, Ara "

Arabella verdankte einen Großteil ihrer Genesung ihrer Schwägerin, sowohl durch deren Einfluss auf Tristan als auch beim Ministerium für Drachenangelegenheiten. Ohne das Buch ihrer Schwägerin über Drachenwandler hätten Bram und Finn vielleicht nie eine Förderkandidatenvereinbarung erzielt. Was hieß, dass Arabella Finn nie gefunden und gepaart hätte.

Ja, sie würde sich bemühen, ihre Familie öfter in Stonefire zu sehen, wenn sie es hinbekam.

Als sie alle aus dem Raum gingen, winkte Arabella Brenna Rossi zu, die Wache gestanden hatte, und passte sich dann den langsameren Schritten ihres Vaters an. Sie hatte so viele Fragen, aber die meisten von ihnen mussten warten. Nicht nur wegen Freya, sondern auch, weil sie sicherstellen wollte, dass Holly die Geburt ihrer Zwillinge problemlos überstand. Alle Anzeichen deuteten auf eine routinemäßige Entbindung hin, aber Arabella schloss Sonderfälle nie aus.

Zumal sie keine Ahnung hatte, wie Hollys wahrer Gefährte Fraser reagieren würde, wenn ihr etwas zustieße.

Ihr Drache meldete sich zu Wort. *Denk nicht so! Holly wird es gut gehen.*

Anstatt sich zu streiten, nahm sie sich die Zeit, um Blicke auf ihren Vater zu werfen. Er hatte mehr Falten als zuvor und sein Haar war ergraut.

Aber er war immer noch ihr Vater. Dass er ihre Kinder kennenlernte, war hoffentlich der erste Schritt seiner langen Genesung, sowohl in sich selbst als auch in ihrer Familie.

Finn beobachtete Arabella, wie sie an der Seite ihres Vaters ging. Normalerweise würde er Fergus bitten, sich an seine Kontakte zu wenden, um alles über George MacLeod in Erfahrung zu bringen. Da sein Cousin jedoch im Gefährtenrausch gefangen war, hatte Finn einen der anderen Beschützer, Brodie, gebeten, dies zu tun.

Sein Drache meldete sich zu Wort. *Du vertraust Brodie auch.*

Ich weiß, aber das hier ist extrem wichtig. Ich möchte Aras Vater ja vertrauen, aber was wissen wir schon, er könnte heimlich für die abtrünnigen Drachenwandler arbeiten.

Nicht lange, nachdem Finn die Kontrolle über den Clan übernommen hatte, hatte eine Gruppe verärgerter Clanmitglieder seine Gefährtin in Gefahr gebracht. Infolgedessen hatte er sie und alle anderen, die seiner Führung nicht folgen wollten, ins Exil geschickt. Das abtrünnige Rudel von Drachenwandlern versteckte sich jetzt irgendwo in der Wildnis Schottlands und plante, wer wusste was. Sie hatten seine Familie schon einmal in Schwierigkeiten gebracht, als sie Holly entführt hatten. Danach hatte er sich geschworen, alles zu tun, um die Gruppe aufzulösen und sicherzustellen, dass sie die gerechte Strafe für ihre Verbrechen bekamen.

Sein Drache sagte: *Aber wir haben einen Plan. Bald werden wir einen Spion in ihren Reihen haben.*

Er und Bram hatten eine langfristige Strategie, die sie in den kommenden Monaten endlich umsetzen konnten. *Aye, ich weiß, aber das ist nicht früh genug.*

Arabella hielt an der Tür zum Kinderzimmer an und sah ihn an. Sobald er nickte, trat sie ein, ihr Vater an ihrer Seite, Finn und die anderen dicht auf ihren Fersen.

Drinnen hielt Tante Lorna die kleine Freya in ihren Armen und schaukelte im Schaukelstuhl. Da Freya ihre Großmutter ehrenhalber fast so sehr liebte wie ihre Eltern, schlief sie friedlich in Tante Lornas Armen. Lornas leise Stimme erfüllte den Raum. „Achtet einfach darauf, leise zu sprechen, aye? Sie ist gerade erst eingeschlafen."

Arabella deutete auf ihren Vater. „Lorna MacKenzie Anderson, darf ich dir meinen Vater George MacLeod vorstellen."

Lorna betrachtete Arabellas Vater. Für die meisten würde ihr Lächeln freundlich erscheinen und nichts anderes. Aber Finn sah die einschätzende Natur ihres Blicks, der schnell durch einen neutralen Ausdruck ersetzt wurde. „Hallo, George. Ich muss sagen, es ist schwer zu glauben, dass Sie jetzt hier stehen."

„Tante Lorna!", warnte Arabella.

Die ältere Drachenfrau hob die Augenbrauen. „Ich sage nur die Wahrheit. Denn solange meine Kinder am Leben sind, werde ich nicht weit weg sein. Ich könnte mir nicht vorstellen, sie im Stich zu lassen."

Arabella öffnete den Mund, aber George kam ihr zuvor. „Sie hat recht, Ara."

„Aye, das habe ich normalerweise." Lorna musterte George. „Aber dass Sie jetzt hier sind, nachdem Sie erfahren haben, dass Ihre Enkelin Hilfe braucht, spricht Bände. Ich gebe Ihnen eine Chance, George MacLeod. Aber wenn Sie jemanden verletzen, den ich liebe, sorge ich dafür, dass Sie kurz danach gehen."

Finn widerstand einem Seufzer. Jeder, der glaubte, männliche Alpha-Drachen hätten einen übermäßig ausgeprägten Beschützerinstinkt, hatte Tante Lorna eindeutig noch nie getroffen; Frauen konnten genauso schlimm sein. „Er wurde bereits gewarnt, Tantchen. Wie wäre es, wenn wir versuchten, für mindestens eine Stunde auf Drohungen zu verzichten? Das ist schließlich das erste Mal, dass er seine Enkelkinder trifft."

Lorna schmiegte Freya enger an ihren Körper. „Dieses kleine Mädel bleibt genau hier. Ich möchte nicht riskieren, dass ihr Drache herauskommt." Sie deutete auf das Bettchen mit den Jungen. „Aber die Jungs haben sich gerührt und werden wahrscheinlich bald aufwachen."

Arabella führte ihren Vater zum Bettchen, und Finn näherte sich seiner Tante. Nachdem er mit einem Finger sanft über die weiche Wange seiner Tochter gefahren war, sagte er: „Fahr deine Drohungen runter, Tante Lorna. Ara will ihm helfen."

„Aye, nun, ich meine mich daran zu erinnern, dass Ehrlichkeit die Art und Weise ist, wie du das Mädel gewonnen hast. Es kann nicht schaden, es mit ihrem Vater auszuprobieren."

Das ließ ihn seufzen, und er beschloss, das Thema zu wechseln. „Was ist mit Faye und Grant passiert?"

„Sie wollten nach Holly sehen. Anscheinend haben Ross und Fraser einen kleinen Streit."

„Ich bin überrascht, dass du das nicht hast kommen sehen, wenn man bedenkt, wie gut du die Familie kennst."

Seine Tante schnaubte. „Ich habe Besseres erwartet, wenn man bedenkt, dass Holly in den Wehen liegt. Obwohl, wenn man meinen jüngsten Sohn kennt, hat er vielleicht alles inszeniert, um Holly von den Schmerzen abzulenken."

„Aye, das ist möglich. Allerdings denke ich, dass du ihm zu viel zutraust."

„Fraser steht kurz davor, Vater zu werden. Ich glaube, es gibt viele Dinge, die er nicht einmal über sich selbst weiß und die bald schon an die Oberfläche kommen werden."

„Wir werden sehen." Finn holte sein Handy heraus und sah schnell nach seinen Nachrichten, aber es war nichts von seinen Familienmitgliedern dabei.

Nach einem weiteren kurzen Blick, um sicherzustellen, dass seine Tochter schlief, ging er zu Arabella und ihrem Vater. George saß jetzt in einem der

Sessel, und Arabella legte ihren geselligeren Sohn Declan in seine Arme.

Bei Georges Anblick, der mit Ehrfurcht in seinen Augen auf den kleinen Declan hinabblickte, wollte Finn glauben, dass alles in Ordnung sein würde. Mehr als jeder andere verdiente Arabella mehr Glück in ihrem Leben.

Hoffentlich würden seine Beschützer nichts über George finden. Aber er würde einfach abwarten und sehen müssen.

Kapitel Sieben

Fraser MacKenzie machte einen Schritt in Richtung seines Schwiegervaters. „Holly wollte eine rein natürliche Geburt ohne Medikamente, um die Ergebnisse der Drachenblutgaben nicht zu beeinträchtigen. Ich respektiere nur ihre Bitte."

Ross Anderson kniff die Augen zusammen und deutete in Hollys Richtung. „Sie hat Schmerzen, Fraser. Das Zeitfenster, in dem sie ihr etwas geben können, schließt sich allmählich, sogar für die milderen, drachenwandlersicheren Mittel."

„Holly ist kein Kind. Sie kann ihre eigenen Entscheidungen treffen."

Fraser näherte sich seinem Schwiegervater, als Hollys müde, aber strenge Stimme ertönte. „Hört auf, ihr beide. Und kommt her."

Sein Drache meldete sich zu Wort. *Sie mag keine Drachenwandlerin sein, aber ich vergesse oft, dass sie*

Dominanz wie ein Clananführer in ihre Stimme legen kann.

Er ignorierte sein Tier, eilte zu Holly und nahm ihre Hand. „Soll ich einen Arzt holen, Honey? Ist es an der Zeit?"

„Ihr beide müsst aufhören zu streiten." Holly wandte ihren Blick ihrem Vater zu. „Ich bin erwachsen und kann meine eigenen Entscheidungen treffen, Dad. Ein wenig Schmerz bedeutet nichts, wenn dadurch das Leben von Tausenden anderer Menschen gerettet werden kann, die sich mit Drachenwandlern auf der ganzen Welt paaren."

Fraser küsste ihre Stirn. „Das ist meine Frau, die immer eher an andere denkt als an sich selbst." Er lehnte seine Stirn gegen ihre. „Versprich mir einfach, dass du, wenn es schlimmer wird, das Beste für dich tust, unabhängig davon, wie sich das auf das Experiment auswirkt."

Bevor sie antworten konnte, schloss sie die Augen und atmete ein.

Eine weitere Wehe hatte sie getroffen.

Er redete beruhigend auf sie ein, bis sie vorüberging. Holly öffnete die Augen, und er wünschte, er könnte den Schmerz in ihren goldbraunen Augen nehmen. Ihre Stimme war schwach, als sie sagte: „Ruf den Arzt. Ich glaube, es ist gleich so weit."

Bevor Fraser etwas tun konnte, eilte Ross zum Rufknopf und rannte dann aus dem Raum, um wahrscheinlich jemanden für alle Fälle zu finden. Er und der Menschenmann mochten ihre Meinungsverschiedenheiten haben, aber Fraser hätte dasselbe getan.

Er ist auch ganz schön schnell für sein Alter, fügte sein Tier hinzu.

„Fraser." Er konzentrierte sich wieder auf seine Gefährtin, und sie bat: „Sei nett zu Dad. Er macht sich nur Sorgen. Ich bin schließlich sein einziges Kind."

„Ich weiß, Honey. Aber normal mit deinem Vater umzugehen, hilft mir, mich zu beruhigen und nicht an das Worst-Case-Szenario zu denken. Ich möchte dich nicht verlieren."

Sie hob eine Hand und berührte seine Wange. „Mir wird es schon gut gehen, Fraser. Ich weiß, wie es ist, die meiste Zeit seines Lebens ohne Mutter aufzuwachsen, und ich will verdammt sein, wenn ich meinen Kindern das zumute."

Er küsste sie. „Gut. Weil ich dich auch gern bei mir habe. Es wäre ein absolutes Irrenhaus beim Abendessen, wenn du nicht da wärst."

Sie kniff ihm in die Wange, und er verzog das Gesicht. „Schön zu sehen, dass ich nur nützlich bin, um dir und deiner Schwester einen Waffenstillstand zu bringen."

„Sag das nicht, Honey. Ich liebe dich." Er küsste sie langsam. „Ich möchte mir niemals ein Leben ohne dich vorstellen."

„Ach, Fraser."

Sie keuchte erneut und packte seine Hand fester.

Nach seiner Zählung kamen die Wehen nun ziemlich kurz nacheinander.

Er überlegte, selbst einen Arzt zu suchen, als Dr. Layla MacFie hereinkam und gerade ihren zweiten Handschuh anzog. Bevor er fragen konnte, warum das so lange gedauert hatte, sagte sie: „Gut, dann schauen wir mal, wie weit du gedehnt bist, Holly. Es passiert nicht jeden Tag, dass ich eine Hebamme in den Wehen habe, aber ich stelle mir vor, dass es sich anders anfühlt auf der anderen Seite der Medaille, oder?" Layla legte ihre Hand zwischen Hollys Oberschenkel und nickte dann. „Aye, es sollte jetzt jeden Moment so weit sein. Bringen wir dich in Position." Sie sah zu Ross. „Und ich möchte, dass du draußen wartest. Es reicht mir, mit einem Alpha-Mann bei einer Endbindung zu tun zu haben."

Ross eilte zu Hollys anderer Seite und küsste ihre Wange. „Ich werde nicht weit sein, Holly-berry. Ruf mich, und ich komme mit voller Geschwindigkeit angerannt."

„Ich würde gern sehen, wie du versuchst, so schnell zu rennen. Vielleicht könntest du für Lochguard einen Zeitrekord aufstellen", sagte Holly, und Belustigung tanzte in ihren Augen.

„Freches Mädel." Ross berührte das Gesicht seiner Tochter ein letztes Mal und verließ den Raum.

Fraser nahm seinen Blick nicht von Holly und fragte: „Was soll ich tun, Layla?"

„Bleib mir aus dem Weg und unterstütze deine

Gefährtin. Ich werde dir nur eine Warnung geben, bevor ich auch dich rausschmeiße."

Da sah er der Ärztin in die Augen. „Ich gehe nirgendwohin."

Layla zuckte mit den Schultern. „Dann benimm dich, und wir werden kein Problem haben."

Ein guter Drachenwandler-Arzt musste in der Lage sein, jeden Drachen zurechtzuweisen, Alpha oder nicht. Da Holly heute nicht die erste Frau war, die gebar, hatte Layla ihre Technik wahrscheinlich vorhin bei Hamish Boyd perfektioniert.

Holly verkrampfte sich wieder, und Layla legte los. „Da Sid und Gregor bei einem anderen Patienten helfen mussten und jetzt Notdienst haben, sollte Logan bald kommen, also lass uns dich aufrichten."

Fraser half Holly, sich aufzusetzen, während die Ärztin ihre Beine in die Halter legte.

Als die Minuten verstrichen und Holly die Wehen ertrug, redete Fraser weiter beruhigend auf sein hübsches Mädel ein.

Aber tief im Inneren machte er sich Sorgen. Die Chancen einer normalen Menschenfrau, ein Drachenwandlerkind zu gebären, waren fünfzig-fünfzig. Hollys Hypothese war, dass Injektionen von Drachenblut die Überlebenschancen erhöhten.

Doch diese Chancen zu erhöhen, reichte nicht aus. Er wollte eine Garantie.

Sein Drache sagte: *Es wird ihr gut gehen. Glaube an unsere Gefährtin.*

Ich versuche es ja.

Endlich sah Layla sie abwechselnd an. „Es ist so weit! Wenn die nächste Wehe kommt, dann press für mich, Holly."

Der kürzlich eingetroffene Pfleger, Logan, stand daneben und wartete. Fraser wollte ihn anschreien, er solle etwas tun.

Sein Drache seufzte. *Logan ist einer der besten Pfleger in Lochguard. Er würde nicht tatenlos daste- hen, wenn es in dieser Sekunde noch was anderes zu tun gäbe.*

Holly packte seine Hand so fest, dass es sich anfühlte, als würde sie ihm die Knochen brechen, und jeder andere Gedanke floh aus seinem Kopf. Seine Gefährtin brauchte ihn.

Layla nahm den Blick nicht von ihrer Aufgabe und sagte: „Da ist der erste Kopf. „Du machst das brillant, Holly. Mach weiter so!"

Manche Frauen hätte vielleicht geflucht und um sich geschlagen, aber sein tapferes, starkes Mädel durchstand die nächsten Wehen wie ein Champion, presste, wenn sie darum gebeten wurde, und hörte erforderlichenfalls auf.

Schließlich füllte ein kleiner Schrei den Raum, und Layla hielt ein winziges, rothaariges Baby hoch. „Ihr habt eine Tochter!"

Da Drachenwandler bis zur Geburt warteten, um das Geschlecht zu erfahren, sagte Fraser: „Eine Tochter!" Er küsste Hollys Stirn. „Eine Tochter, Honey."

„Eine rothaarige MacKenzie-Bedrohung, da bin ich mir sicher", antwortete sie voller Liebe in ihrer Stimme.

Selbst wenn sie erschöpft war und Schmerzen hatte, fand seine Liebste einen Weg, ihn zu ärgern.

Layla übergab seine Tochter an Logan. „Ich möchte beide holen, und dann kannst du sie halten. Wir machen eine kurze Pause und versuchen es dann noch einmal, aye?"

Erst als er sah, wie Logan sich um die Kleine kümmerte, traf es Fraser schließlich, dass er jetzt ein Dad war.

Und alles, woran er denken konnte, war, was alles schiefgehen oder seiner Tochter schaden könnte.

Sein Drache schnaubte. *Logan wird ihr nicht wehtun.*

Hollys schwache Stimme gewann seine Aufmerksamkeit. „Fraser, hilf mir beim nächsten, aye? Ich war schon einmal erschöpft, aber das hier ist ein ganz neues Level. Ich brauche deine Kraft, und dann kannst du jeden finster anstarren, der unsere Tochter auch nur ansieht."

Seine starke Gefährtin bat selten um Hilfe, was bedeutete, dass sie sie wirklich brauchte.

Er küsste ihren Handrücken. „Ich bin für dich da, Honey. Immer."

Sie lächelte. „Ich liebe dich."

Laylas Stimme unterbrach seine Antwort. „Das zweite Kleine benimmt sich und ist in Position. Mit etwas Glück kommt er oder sie nach Hollys Temperament und wird keine Szene machen, um auf die Welt zu kommen."

Fraser knurrte, aber Holly drückte seine Hand. „Nicht jetzt, Fraser."

Irgendwie gelang es ihm, Unterstützung zu murmeln und seine Gefährtin zu küssen, bis Layla sagte: „Gut, dann versuchen wir es noch einmal."

Holly wiederholte ihre stille, tapfere Darbietung und gab dabei kaum einen Pieps vor Schmerz von sich.

Aber tief im Inneren wusste er, dass es schmerzhaft sein musste. Er musste sie so lange verwöhnen, wie sie es wollte, selbst wenn es Jahre wären, um die Entbindung wiedergutzumachen.

Bald füllte ein zweiter kleiner Schrei den Raum, und Layla schmunzelte, als sie ein weiteres rothaariges Mädchen hochhielt. „Zwillingsmädchen. Ich halte es fast für eine Art Bestrafung, für das, was du und Fergus eurer Mum angetan habt, Fraser."

„Zwei Töchter", wiederholte er.

„Identisch würde ich sagen, auf den ersten Blick." Sie wartete, bis Logan die Nabelschnur durchgeschnitten hatte, bevor auch sie zur Säuglingsstation gebracht wurde. „Logan, nimm die erste Kleine, damit sie ihre Eltern kennenlernt, und ich werde diese hier untersuchen."

Fraser legte seine Wange gegen Hollys, ohne seinen Blick von dem kleinen Bündel in Logans

Armen zu wenden. Er kam und legte ihre Tochter in Hollys Arme.

Das kleine, faltige Gesicht war eines der schönsten Dinge, die er je gesehen hatte.

Sein Drache schnaubte. *Sie sieht aus wie eine haarlose Ratte.*

Halt die Klappe, Drache.

Er küsste die Stirn seiner Tochter und dann Hollys Lippen. „Wir haben zwei Töchter, Honey."

Trotz ihrer Erschöpfung lächelte Holly. „Was für Drachenwandler nach dem, was ich gehört habe, selten ist."

„Aye, ist es. Aber auch ein Zeichen von Glück. Jeder wird dir das sagen."

Als er das Gesicht ihrer ersten Tochter anstarrte, konnte er nicht umhin, sich einen Moment lang zu fragen, ob das Kleine, das sie verloren hatten, auch ein Mädchen gewesen wäre.

Nein. Er drängte diesen Gedanken beiseite. Er würde ihr erstes Kleines nie vergessen, aber im Moment brauchten seine beiden lebenden Kinder ihn.

Logan brachte ihre zweite Tochter und legte sie in Hollys anderen Arm, wobei Fraser sie unterstützte. Er küsste auch die Stirn des anderen Mädels.

Als er sich gegen seine Gefährtin lehnte und seine beiden Töchter anstarrte, überflutete das Glück seinen Körper. Er würde alles tun, um sie zu beschützen und ihnen die liebevolle Familie zu geben, die er als Kind gehabt hatte.

Hollys müde Stimme füllte sein Ohr. „Nun, bei zwei Mädels, nehme ich an, bedeutet das, dass ich dich auch einen der Namen aussuchen lassen muss. Nur nicht Agnes, bitte."

„Aber kleine Aggie wäre so ein hübscher Name."

„Aye, bis sie anfangen, sie Haggie Aggie oder so zu nennen."

Er lächelte. „Guter Punkt. Aber du nennst zuerst einen, und ich übernehme den anderen."

Holly schaute ihre Erstgeborene an. „Dann Skye MacKenzie."

Skye war eine Insel in Schottland. „Nach einem der schönsten Orte Schottlands benannt zu sein, ist gar nicht so schlecht." Fraser sah ihre Zweitgeborene an. Alle Namen, die er zuvor vorgeschlagen hatte, flohen ihm aus dem Kopf. Er wollte die Tradition seiner Mutter ehren und seinen beiden Kindern Namen geben, die mit dem gleichen Buchstaben begannen.

Dann fiel ihm der perfekte Name ein. „Summer MacKenzie. Denn wenn man Sommer und Skye zusammenbringt, gibt es keinen Ort, der so schön oder atemberaubend ist. Für die Schönheit, aye, aber auch voller Überraschungen und Abenteuer, von denen ich mir sicher bin, dass diesen beiden viele bevorstehen."

Holly nickte. „Das gefällt mir. Hallo, Summer und Skye. Versucht, eurer Mum und eurem Dad nicht zu viel Ärger zu machen."

Fraser grinste. „Du weißt, dass sie halb

MacKenzie sind, aye? Wir können genauso gut Ärger und Unfug zu ihren Zweitnamen machen."

„Dann sollen sie sich den für ihre Tanten und Onkel aufsparen. Es mag eine sinnlose Aufgabe sein, aber ich hätte gerne ein bisschen weniger Chaos in unserem eigenen Haus als in dem deiner Mum."

„Ich bezweifle, dass das möglich ist, aber du wirst das früh genug herausfinden."

Holly streckte ihre Zunge heraus, und er lachte.

Fraser kuschelte seine Gefährtin und seine beiden Töchter und konnte sich keinen anderen Ort vorstellen, an dem er lieber wäre. Das Wort glücklich konnte nicht ansatzweise beschreiben, was er empfand. Er empfand nach nur wenigen Augenblicken so viel Liebe für seine Töchter, dass es schwer zu glauben war.

Aber eines war sicher – jeder, der versuchte, seiner Familie zu schaden, musste mit ihm fertig werden. Fraser war kein Krieger, aber die Liebe eines Vaters veränderte einen Mann.

Und mit Holly an seiner Seite konnte er alles in Angriff nehmen.

Kapitel Acht

Arabella beobachtete, wie ihr Vater mit Grayson spielte. Die Augen ihres Dads waren voller Glück, und es war, als ob seine sich selbst hassende Persönlichkeit verschwand, wenn er eines seiner Enkelkinder in den Armen hielt.

Ihr Drache meldete sich zu Wort. *Dann sollte er bei uns bleiben.*

Ich bin mir nicht sicher, ob Finn das gefallen würde.

Du kannst ihn zumindest fragen.

Arabella blickte zu der Seite, wo Finn stand. Sie öffnete den Mund, aber Ross eilte in den Raum und rief: „Ich habe zwei Enkelinnen!"

Sie blinzelte. „Sie haben zwei Mädchen? Ich habe noch nie zuvor persönlich einen Drachenwandler mit Zwillingsmädchen getroffen."

Ross blähte seine Brust. „Aye, der Pfleger hat mir

gesagt, dass das ein Zeichen des Glücks ist. Es müssen meine ausgezeichneten Gene sein."

Lorna verdrehte die Augen, konnte aber ein Lächeln nicht zurückhalten. „Meine haben auch eine Rolle gespielt, du dummer Narr."

Ross gab Lorna einen schnellen Kuss. „Du hattest Zwillingsjungen, genau wie Finn und Ara. Das ist deine Seite der Gene. Die guten alten Andersongene haben das Glück gebracht."

Finn seufzte. „Könnt ihr später darüber streiten? Wann können wir sie sehen?"

„Dr. MacFie sagt bald, sobald die Nachgeburt gekommen ist."

Während Ross mit seiner Gefährtin tuschelte, flüsterte Arabella Finn zu: „Dir ist schon klar, dass diese armen Babys eine unmögliche Zeit haben werden? Nicht nur, weil jeder ihnen ihr ganzes Leben lang sagen wird, dass sie Glück und eine Ära des Friedens bringen werden, sondern Fraser als überfürsorglicher Vater wird die Geduld aller auf die Probe stellen."

Finn grunzte. „Das argwöhne ich. Aber wenn die alte Geschichte von zwei weiblichen Drachenwandlern, die Frieden zwischen Drachen und Menschen bringen, auch nur ansatzweise wahr ist, werden Frasers Eskapaden im Vergleich dazu verblassen. Ich werde das irgendwie regeln."

Sie hob die Brauen. „So? Hast du eine neue Technik, von der ich nichts weiß?"

Er drückte ihre Taille. „Aye, wenn er sich nicht

benimmt, dann werde ich dem Clan sagen, dass ein wöchentlicher Besuch bei seinen Töchtern dazu beitragen wird, ihren Familien viel Glück zu bringen."

„Das gehört nicht zu den alten Legenden", sagte sie gedehnt.

„Und? Jeder wird davon ausgehen, dass es sich um eine Version handelt, die er einfach noch nicht gehört hat."

Sie schüttelte den Kopf. „Und das wird ihn genau wie zügeln? Fraser ist kein Einsiedler. Er genießt es, in Gesellschaft zu sein."

„Gesellschaft, ja, aber hättest du gern Meg Boyd und ihre Verehrer wöchentlich in deinem Haus, damit sie dir sagt, wie man die Kleinen richtig erzieht?"

Sie schnaubte. „Guter Punkt." Ihr Blick wanderte zu ihrem Vater, der mit einem schlafenden Grayson in seinen Armen dasaß. Vielleicht sollte sie bis später warten, aber sie hasste es, es nicht zu wissen. Also platzte sie heraus: „Finn, ich denke, mein Vater sollte bei uns leben."

Für ein paar Sekunden schwieg ihr Gefährte. Sie begann sich schon zu fragen, ob er es ihr ausschlagen würde.

Als er schließlich antwortete, konnte sie es kaum hören. „Vielleicht. Sobald ich seinen Hintergrund überprüft habe, lasse ich es dich wissen." Ihr Gesicht musste ihre Gefühle verraten haben, denn Finn fügte hinzu: „Ich weiß, dass du ihm helfen willst, Liebes.

Und obwohl mein Nachname Stewart sein mag, wurde ich größtenteils als ein MacKenzie großgezogen, und du weißt, dass wir diejenigen, die Hilfe brauchen, nicht abweisen. Aber ich muss zuerst sicherstellen, dass er keine Bedrohung darstellt."

Eine andere Frau hätte vielleicht geschmollt oder versucht, ihren Gefährten davon zu überzeugen, dass er falsch lag. Aber das war nicht Arabellas Art. „Ich würde gern sagen, dass ich deine Denkweise nicht verstehe. Und doch tue ich es. Versprich mir einfach, dass du mir so schnell wie möglich sagst, was du findest. Er war so glücklich mit den Jungs, und mit ein wenig Arbeit denke ich, dass er die meiste Zeit so sein kann."

Er nickte. „Ich habe Vertrauen, dass er es eines Tages sein kann. Aber ich möchte auch ein Versprechen von dir, aye? Vergiss nicht deine eigenen Gefühle und deine unbewältigte Wut. Wenn die Zeit reif ist, musst du mit ihm darüber sprechen."

„Das werde ich." Finn hob die Augenbrauen, nicht überzeugt, und sie fügte hinzu: „Ich verspreche, dass ich mit ihm reden werde. Denn solange ich es aufschiebe, gebe ich dir freie Hand, mich damit zu belästigen. Und je weniger ich davon ertragen muss, desto besser."

Er schmunzelte. „Dann muss ich das Beste daraus machen, solange ich kann."

Sie hätte fast gestöhnt, aber Freya rührte sich in ihrem Bettchen und erregte ihre Aufmerksamkeit. Arabella eilte zu ihrer Tochter und seufzte erleichtert, als sie sah, dass ihre Pupillen rund waren. „Wir werden dich in kürzester Zeit nach Hause bringen, Freya, Liebes. Du musst einfach ein wenig länger mitspielen, für Mummy und Daddy, okay?"

Ihre Tochter sabberte.

Lachend hob Arabella sie hoch und trug sie dorthin, wo George saß. „Und das ist dein Großvater, Freya. Er verwöhnt gerade deinen Bruder, aber er wird dasselbe bald mit dir tun."

Ihr Vater sah ihr daraufhin überrascht in die Augen. Sie fügte hinzu: „Dr. Sid sollte die Bluttestergebnisse bald haben, da sie sie selbst analysiert. Ich hoffe, dass es eine Allergie ist. Wenn ja, gibt es keinen Grund, warum du nicht die Gelegenheit haben solltest, deine jüngste Enkelin zu halten."

Nachdem er genickt hatte, sah ihr Vater hinunter auf den schlafenden Grayson und lächelte.

Vielleicht würde mit ihrer Familie am Ende doch alles in Ordnung sein.

Familie. Vor ein paar Jahren hätte sie sich sowas nie erhofft.

Ihr Drache meldete sich zu Wort. *Was bedeutet, dass wir es nicht für selbstverständlich nehmen sollten.*

Natürlich nicht.

Arabella konzentrierte sich auf die Personen im Raum anstatt auf ihren Drachen und sagte: „Gut, dann wollen wir mal alle wickeln und füttern, damit wir Fraser, Holly und ihre Zwillinge besuchen können, sobald Layla es erlaubt."

Melanie, Tristan und Finn eilten alle an ihre Seite und halfen. Es wäre zwar schön, jeden Tag so viel Hilfe zu haben, aber Arabella genoss die Nähe der Alleinzeit mit ihren Kindern.

Weil sie das Gefühl hatte, dass sie, sobald sie und ihre Cousins älter waren, selten mit ihren Drillingen allein wäre. Nicht, dass das eine schlechte Sache wäre – Arabella wünschte, sie hätte dasselbe gehabt, als sie jünger war –, aber sie wollte die kleinen Momente schätzen, solange sie noch konnte.

Finn hatte den Streit darum verloren, eines seiner eigenen Kinder in Frasers und Hollys Zimmer zu bringen, also folgte er seiner Gefährtin, Tristan und Melanie, die jeder ein Kleines trugen.

Arabellas Vater hatte sich entschieden, in einem Krankenhauszimmer zu bleiben, und Brenna wachte über ihn. Da ein Lufthauch den Mann hätte umpusten können, hatte Finn nichts dagegen eingewendet. Vielleicht würde George sogar zum ersten Mal seit Jahren friedlich schlafen.

Sein Drache meldete sich zu Wort. *Jetzt bist du aber zu nachgiebig.*

Das ist vorübergehend. Wenn ich irgendwas finde, das nach Betrug oder Verrat riecht, werde ich nicht zögern, meine Taktik zu ändern. Ich bezweifle jedoch, dass es den Clan zerstören wird, wenn ich ihn ein Nickerchen machen lasse.

Sie erreichten endlich den richtigen Raum. Tante Lorna war die erste, die eintrat, mit Ross an ihrer Seite. Finn und der Rest folgten.

Fraser saß neben Holly auf ihrem Bett, jeder von ihnen hielt ein gelb eingewickeltes Bündel. Fraser war Familie, also platzte Finn heraus: „Und die Spiele haben begonnen. Ihr hättet sie in verschiedenen Farben einwickeln können, damit wir uns besser hätten merken können, wer wer ist."

Grinsend sah ihm Fraser in die Augen. „Wir können sie auseinanderhalten, also solltet ihr das auch können."

Holly brummte „Hör nicht auf ihn. Die Ältere, Skye, hat eine Tintenmarkierung an ihrer rechten Hand."

Tante Lorna schnalzte mit der Zunge. „Finn weiß das wegen seiner eigenen Jungs. Nun, wie wäre es, wenn ihr uns vorstellt? Ich kann es nicht abwarten, meine neuen Enkelkinder zu halten."

Fraser zeigte auf das eine und dann auf das andere und sagte: „Das hier ist Skye, und das ist Summer."

„Was für schöne Namen!", sagte Melanie von der Seite des Raumes, wo sie Grayson sanft drückte.

Finn sah auf die kleinen roten Gesichter hinab. „Sie sind so winzig."

Lorna antwortete, als sie Skye hochhob. „Sie sind zu früh gekommen, also sind sie natürlich klein." Sie küsste Skyes Wange. „Gran wird immer hinter dir stehen, Kleines. Denkt in Zukunft daran, wenn euer

Dad versucht, euch zu beschützen, indem er euch in euren Zimmern einsperrt. Ich könnte euch vielleicht helfen, für ein kleines Abenteuer zu entkommen oder für eure Freiheit zu argumentieren."

Ross nahm Summer in die Arme. „Was bedeutet, dass ihr beide auch zu Granddad laufen könnt, und ich werde euch wie verrückt verwöhnen, wenn euer Vater nicht hinsieht."

„Gib ihnen nur nicht zu viel, Dad", sagte Holly lächelnd.

„Hat Fraser dir schon erklärt, wie bedeutend es ist, Zwillingsmädchen zu haben, Holly?", fragte Arabella.

Holly wandte ihren Blick Arabella zu. „Aye, obwohl ich keine Ahnung hatte, dass weibliche Zwillings-Drachenwandler selten sind. Ich dachte einfach, dass Lochguard und Stonefire eine Menge Jungs hervorbringen."

„Nun, Drachenwandler bringen meistens Jungs hervor", mischte Melanie sich ein. „Sonst hätte das MDA dem Opferprogramm nie zugestimmt, und keiner von uns wäre hier, Holly."

Sowohl Melanie als auch Holly hatten sich freiwillig bereit erklärt, als Opfer in die Drachenwandler-Clans zu kommen, im Austausch für eine Ampulle mit Drachenblut. Melanie hatte es benutzt, um ihren Bruder zu heilen, und Holly hatte ihres verkauft, damit sie die experimentelle Krebsbehandlung ihres Dads bezahlen konnte.

Holly setzte sich aufrechter. „Dann könnte mir

vielleicht jemand die feineren Details von allem erklären? Ich weiß, dass sie Frieden bringen sollen, aber ich hatte keine Gelegenheit, mehr als das zu erfragen."

Finn ergriff das Wort. „Aye, nun, es hat mit Geschichten über Alviva zu tun, Königin der britischen Drachenwandler kurz nach der römischen Eroberung Großbritanniens. Fast jeder Drachenwandler weiß, dass sie mit den Römern eine Vereinbarung über faire Behandlung und Halbautonomie getroffen hat. Aber sie hat das nicht allein getan. Die Leute vergessen oft, dass sie und ihre Zwillingsschwester Edwina den Vertrag geschlossen haben."

Lorna mischte sich ein. „Aye, und auch wenn die Details der Geschichte verloren gegangen sind, wurde der Frieden, der von zwei Frauen gebracht wurde, darauf zurückgeführt, dass sie eineiige Zwillinge waren. Obwohl es ihre Geschicklichkeit und Klugheit waren, die das bewirkten, brauchten die Männer einen Grund, um zu rechtfertigen, warum sogenannte schwache Frauen so erfolgreich sein konnten."

Finn ergriff das Wort. „Unabhängig davon ist es im Laufe der Geschichte noch ein paarmal passiert. Das Opferprogramm, um das Überleben unserer Spezies zu sichern, wurde ebenfalls von Zwillingsfrauen ausgehandelt. Und es gibt Gerüchte über ein weiteres Paar hier und da, obwohl ich sicher bin, dass Alistair Boyd dir mehr darüber erzählen kann, als ich es jemals könnte."

Finn kannte Alistair Boyd schon sein ganzes Leben lang; der Mann unterrichtete junge Drachenwandler in Geschichte.

Holly runzelte die Stirn. „Versteht das nicht falsch, aber ich werde meinen Töchtern keine Zukunft aufzwingen. Wenn also erwartet wird, dass ich sie dazu ausbilden muss, Retter zu sein oder was auch immer, werde ich das nicht tun."

Fraser antwortete: „Es gibt keine Ausbildung zum Retter, Honey. Aber die Leute werden es oft kommentieren, also ist es besser, unsere Töchter auf das Gerede vorzubereiten, als zuzulassen, dass andere ihnen ein fiktives Schicksal aufzwingen."

Melanie sprach von der Seite des Raumes. „Ich glaube nicht an fiktive Schicksale, aber vielleicht werden sie in irgendeiner Weise helfen. Wenn es im Laufe der Geschichte schon mehrmals passiert ist, wird es zwangsläufig wieder passieren. Wer weiß, vielleicht können sie endlich den Frieden zwischen allen Drachenwandlern und vielleicht sogar mit den Menschen sichern."

Finn seufzte. „Du denkst nie in kleinen Maßstäben oder, Mel?"

Melanie grinste. „Wenn ich das täte, würde ich jetzt nicht hier stehen."

Lorna räusperte sich. „Wie wäre es, wenn wir uns das Gerede von Einfluss und Schicksal für später aufheben? Die Mädels sind kaum eine Stunde alt. Vielleicht können sie zuerst laufen und sprechen lernen, aye?"

Finn streckte seine Arme aus, und Lorna legte Skye hinein. Während er die Decke um das schlafende Gesicht der Kleinen zurechtzupfte, sagte er: „Ich stimme zu. Wenigstens wird Freya ein paar Cousinen zum Spielen haben."

„Du meinst, mit denen sie die Übernahme der Weltherrschaft planen kann."

Auf die Stimme seiner Cousine Faye hin sah er zur Tür. „Es ist nicht nett, sich an jemanden heranzuschleichen, der ein Baby im Arm hält."

Faye verdrehte die Augen. „Ich habe mich nicht rangeschlichen, ich bin ganz normal gegangen." Sie ging zu Ross hinüber, der ihr Summer in die Arme legte. „Ich wollte meine neuesten Rekruten begrüßen. Tante Faye wird dafür sorgen, dass all ihre Nichten bei Bedarf auf sich selbst aufpassen können."

Holly wackelte mit dem Kopf. „Mir gefällt die Idee."

Fraser fügte hinzu: „Solange du sie nicht in gefährliche Situationen bringst, werde ich es vielleicht zulassen."

„Es zulassen? Brüderchen, du wirst kein Mitspracherecht haben."

Fraser hob die Brauen. „Bedeutet das, dass ich deine Kleinen darin beraten darf, wie man Unfug anstellt? Das ist nur fair."

„Unfug ist nicht dasselbe wie Selbstverteidigungstraining", sagte Faye leise, um die Kleinen nicht zu stören. „Außerdem hast du vielleicht sowieso kein

Glück. Sie kommen möglicherweise beide nach Grant."

Ross schnaubte. „Irgendwie denke ich, dass das vielleicht nicht in deinen Karten ist, Faye, meine Liebe. Das wäre zu einfach."

Fraser grunzte. „Ausnahmsweise stimme ich Ross zu."

Als Faye und Fraser weiter darüber stritten, die Kinder des anderen zu beeinflussen – wenn auch in ruhigem, leisem Tonfall – bemerkte Finn Grant in der Tür, der den kleinen Jamie hüpfen ließ. Er wechselte einen Blick mit dem Beschützer; Grant signalisierte ihm, dass er die Hintergrundüberprüfung von George MacLeod abgeschlossen hatte.

Nachdem Finn Skyes Stirn geküsst hatte, wartete er darauf, dass Tante Lorna Freya nahm, bevor er Arabella das Kleine übergab. Er flüsterte: „Bin gleich wieder da, Liebes."

Arabella nickte, und Finn ging in den Flur. Sobald er die Tür geschlossen hatte, fragte er: „Und?"

Grant zögerte nicht. „Zum größten Teil ist er sauber. Obwohl er in Perth, weniger als vierzig Meilen von dem Ort entfernt, an dem einige der abtrünnigen Drachenwandler im Cairngorms-Nationalpark gesichtet wurden, im Krankenhaus behandelt worden ist."

Georges früherer Aufenthaltsort machte den Mann nicht automatisch schuldig. Finn würde sich das bald mal genauer ansehen müssen. „Hast du herausgefunden, wo er wohnt?"

„In einem verlassenen Cottage, irgendwo auf dem Land zwischen Perth und dem Cairngorms-Nationalpark. Er hat mit seinen Invaliditätsleistungen genug, um sich Essen und Kleidung zu kaufen, aber nicht viel mehr. Ich glaube, er hat schon eine ganze Weile keinen Strom mehr gehabt."

„Also, was ist deine professionelle Empfehlung?"

„Nun, ich würde ihm keinen Zugang zu den tiefsten Geheimnissen oder Sicherheitsfunktionen gewähren, aber ich sehe keinen Schaden darin, ihm das Bleiben zu erlauben. Du solltest ihn natürlich im Auge behalten, aber mein Gefühl sagt mir, dass er nicht mit den abtrünnigen Drachenwandlern in Verbindung steht. Ich glaube, er wollte nur außer Sichtweite sein, und das war einer der besten Orte, um sich zu verstecken."

Er nickte. „Sieh dich weiter um und lass es mich wissen, wenn du noch irgendwas herausfindest. Brenna kann nicht für immer in Lochguard bleiben, also erstellt eine Rotation, wer erforderlichenfalls auf ihn aufpassen kann."

Grant ließ den kleinen Jamie wieder hüpfen, und der gurgelte vor sich hin. Der Junge war wahrscheinlich derjenige, der sich bisher in Finns erweiterter Familie am besten benahm.

Grant meldete sich erneut zu Wort. „Noch eine Sache, Finn. Es war alles hektisch, aber Bram hat noch mal um eine Videokonferenz mit dir gebeten."

„Geht es um den Austauschkandidaten?"

„Aye. Ich werde ihn so lange wie möglich hinhalten, aber du kannst das nicht für immer tun."

Er fuhr sich mit einer Hand durchs Haar. Er hatte bereits zugestimmt, einem Menschen vom MDA zu erlauben, seinen Clan zu beobachten, und er oder sie sollte schon bald ankommen. Nun musste er auch das Geschäft mit Stonefire noch regeln. Bram hatte den Prozess lange genug hinausgezögert. Finn konnte nicht dasselbe tun, nachdem er ihn so gedrängt hatte.

Er musste auch Zeit finden, die er mit seiner Gefährtin und seinen Kindern verbringen konnte. „Und ich dachte, meine Arbeit würde mit der Zeit einfacher werden", sagte er.

Grant zuckte mit den Schultern. „Kann sie immer noch. Wenn sich deine ganze Familie erst einmal eingewöhnt hat, sollten sie weniger Stress machen."

Er legte eine Hand auf Grants Schulter und drückte sie. „Es ist schön, einen weiteren besonnenen Mann in der Familie zu haben." Er tippte den kleinen Jamie ans Kinn. „Und ich vermute, du könntest auch einer sein, wenn dein Vater da ein Wörtchen mitreden kann. Fergus ist normalerweise der logischste." Er begegnete erneut Grants Blick. „Apropos, der Rausch hält immer noch an, aye?"

Grant lächelte. „Ausgehend von den Beschwerden wegen Lärmbelästigung, ja, tut er und läuft gut."

„Gut. Nun, lass uns wieder reingehen. Es ist Zeit für den kleinen Jamie, seine jüngsten Cousinen kennenzulernen."

Finn drehte sich um, aber Dr. Sids Stimme erfüllte sein Ohr. „Finn, auf ein Wort."

Er bedeutet Grant, schon in Frasers und Hollys Zimmer vorzugehen. Sobald er mit der Ärztin allein war, zog er fragend die Augenbrauen zusammen.

Sid zögerte nicht. „Ich habe die Testergebnisse. Freya ist in der Tat allergisch gegen eine Reihe von Inhaltsstoffen, aber keiner von ihnen war in der Milch, die sie getrunken hat."

Sein Herz setzte einen Moment lang aus. „Was ist dann los?"

„Ich bin mir nicht ganz sicher, aber Gregor hat gerade mit einem Kollegen aus einem der australischen Clans – Mirrorbluff – telefoniert. Anscheinend hatten zwei ihrer Kleinen ebenfalls blitzende Drachenaugen. Und bevor du fragst, nein, sie sind sich auch nicht sicher, warum es passiert. Wenigstens sagt uns das, dass es nicht nur Freya ist."

„Wendet Gregor sich auch an andere Clans?", fragte Finn.

„Während wir sprechen. Sobald ich mehr herausfinde, werde ich es dir mitteilen. Versuch jetzt erst einmal, Freya ruhig zu halten, und melde etwaige Veränderungen in ihrem Verhalten sofort. Ich kann nicht wirklich was anderes ausprobieren, bis ich mehr Informationen habe."

Als Sid sich dorthin zurückdrehte, woher sie

gekommen war, nahm sich Finn im leeren Flur einen Moment Zeit, um sich das Gesicht zu reiben. Er sagte zu seinem Drachen: *Die Ärzte in Stonefire haben gerade erst damit begonnen, erfolgreich Gegenmittel gegen die Droge zu produzieren, die Drachenwandler durchdrehen lässt oder ihnen sogar das Gedächtnis nimmt. Und gerade wenn wir die Nase vorn haben, taucht was Neues auf.*

Es könnte einen Zusammenhang geben. Aber bis die Ärzte mehr erfahren, müssen wir uns auf den Clan und die Familie konzentrieren. Es gibt viele Möglichkeiten, sie zu schützen, und wir dürfen keine davon vernachlässigen.

Aye, aye, ich weiß, Drache. Lass uns Frasers und Hollys Zwillinge noch ein bisschen länger genießen, bevor wir Ara erzählen, was Sid uns mitgeteilt hat.

Warte nur nicht zu lang. Ara hat es verdient, es zu wissen. Vielleicht fällt ihr dann sogar ein, warum das passiert.

Nachdem er einmal tief durchgeatmet hatte, lächelte Finn und ging zurück in das Zimmer seiner Cousins. Die neuen Eltern hatten keinen zusätzlichen Stress verdient, also musste er einen Weg finden, Arabella in ein privates Zimmer zu locken, ohne Verdacht zu erregen.

Sein Drache schnaubte. *Viel Glück dabei! Tante Lorna sieht alles.*

Er ignorierte sein Tier, trat an Arabellas Seite und versuchte, sich etwas einfallen zu lassen, wie er vorgehen sollte.

Kapitel Neun

Sobald Finn an ihre Seite zurückkehrte, spürte Arabella die Anspannung in seinem Körper. Es war etwas passiert.

Also schaffte sie es, nachdem sie fünf Minuten lang Oooh und Aaah von sich gegeben hatte, Melanie und Tristan darum zu bitten, kurz auf die Drillinge aufzupassen, und drängte Finn geradezu gewaltsam in ein Privatzimmer. In der Sekunde, in der sich die Tür schloss, sagte sie: „Sag mir, was los ist."

„Ich kann nichts vor dir verbergen, oder? Du hättest eine fantastische Vernehmungsbeamtin abgegeben."

„Finn", knurrte sie.

Mit einem Seufzer ließ er die Fassade fallen. „Als ich mit Grant im Flur gesprochen hab', ist Dr. Sid aufgetaucht."

„Und? Was hat sie gesagt?"

„Freya hat tatsächlich ein paar Allergien, aber keiner der Auslöser war in der Milch. Aber zwei Kleine in Australien haben ähnliche Symptome, auch ihre Drachen haben sich extrem früh gezeigt und sogar für eine Weile die Kontrolle übernommen."

„Haben die Kleinen oder die Eltern was gemeinsam?"

„Ich weiß nicht. Das müsstest du Sid und Gregor fragen."

Sie hob das Kinn und nahm seine Hand. „Dann lass uns Sid finden und sie fragen, solange wir die Gelegenheit dazu haben."

Sie gingen zu den Arztzimmern. Arabellas Verstand wirbelte mit Möglichkeiten und sogar ein bisschen Hoffnung, aber sie gab ihr Bestes, es einzudämmen. Sie brauchte zuerst die Fakten, und dann konnte sie ihre Gefühle klären.

Arabella entdeckte endlich Sid durch das Fenster in einer der Türen und klopfte.

Die Ärztin rief sie herein. „Finn hat dir gesagt, was ich gefunden habe?"

„Ja. Ich hätte noch ein paar Fragen, wenn du einen Moment hast." Sid trat zurück und bedeutete ihnen einzutreten. Gregor war in einer Ecke und telefonierte, also hielt Arabella ihre Stimme leise. „Konnte Gregor die genaueren Details jedes Kindes und Elternteils herausfinden? Wir haben vielleicht alle was gemeinsam."

Es gefiel ihr, dass Sid ihre Aussage nicht als

dumm abtat. „Er ist gerade dabei, das zu untersuchen. Bisher hat er nur neue Informationen über eine der Mütter. Alles war ziemlich normal, bis auf einen kleinen Vorfall im Teenageralter." Arabella hob fragend die Augenbrauen, und Sid fuhr fort: „Sie hat sich verlaufen und sich das Bein gebrochen. Einige Menschen haben sie bewusstlos gefunden und in ein örtliches Krankenhaus gebracht. Sie hielten sie für einen Menschen, da sie noch zu jung für ihr Tattoo war, und haben sie als einen solchen behandelt. Die Frau hatte eine schwere Reaktion auf das Anästhetikum und die Beruhigungsmittel, die sie ihr verabreichten. Ein Pfleger, dessen Cousine mit einem Drachenwandler gepaart war, wurde jedoch misstrauisch, testete sie und stellte fest, dass sie kein Mensch war. Wegen dieses Pflegers hat die Frau überlebt."

Arabella erstarrte. Sie und der Teenager hatten etwas gemeinsam. Es konnte nichts sein, aber es konnte auch alles sein.

Ihr Drache meldete sich zu Wort. *Dann sag es ihr einfach. Sid ist immer offen für Informationen.*

Finn drückte ihre Hand, und Arabella zog Kraft daraus und spie: „Mir wurden auch Beruhigungsmittel verabreicht, als ich ein Teenager war."

In Sids Augen leuchtete Verständnis auf. „Als du gefangen genommen wurdest."

„Ja." Finn ließ ihre Hand los und legte einen Arm um ihre Schultern. Seine solide Präsenz an ihrer Seite gab Arabella den Mut, über das Ereignis zu sprechen. „Ich bin das erste Mal benommen aufgewacht, verwirrt und verängstigt. Jemand hat es bemerkt und mir sofort etwas in den Arm injiziert. Ich verlor erneut das Bewusstsein. Beim zweiten Mal hielten sie mich wach. Und ... und das war, als alles andere passierte."

Da Arabella Sid schon ihr ganzes Leben lang kannte, wusste die Ärztin, dass sie auf den Punkt kommen musste, anstatt Beruhigungen zu murmeln. „Hast du irgendwelche Nachwirkungen bemerkt?"

Sie schüttelte den Kopf. „Nein. Aber ich hatte extreme Schmerzen, denk daran, und wahnsinnige Angst. Also kann es welche gegeben haben, und ich habe sie nur nicht bemerkt. Auch danach haben sich alle darauf konzentriert, mich am Leben zu halten, sodass es leicht gewesen wäre, etwas so Geringfügiges zu übersehen. Oder ich könnte eine der wenigen Glücklichen sein, die nicht empfindlich auf menschliche Beruhigungsmittel reagieren." Sie lehnte ihren Kopf an Finns Schulter, dachte an Freya und zwang ihre Stimme, stark zu sein. „Wenn die Mutter des dritten Kindes auch menschliche Beruhigungsmittel erhalten hat, dann ist es möglich, dass das der Zusammenhang ist."

Was bedeutete, dass Arabella der Grund dafür war, dass ihre Tochter Schwierigkeiten hatte. Soweit sie wusste, könnten die Beruhigungsmittel etwas mit ihrem Körper angestellt haben, das einen Einfluss auf einige oder sogar all ihre Kinder hatte.

Ihr Drache schnaubte. *Gib uns nicht die Schuld.*

Selbst wenn das die Verbindung ist, wurden uns die Drogen aufgezwungen.

Finn drückte sie fester an sich und sagte: „Ich werde nicht zulassen, dass du dir die Schuld gibst, Liebes. Also hör auf damit."

Sid runzelte die Stirn und schüttelte den Kopf. „Das ist natürlich nicht deine Schuld, Arabella. Wenn überhaupt, hast du uns vielleicht gerade eine Möglichkeit gegeben, die Situation zu korrigieren oder zumindest zu verbessern."

Da sie wusste, dass weder Sid noch Finn ihr jemals erlauben würden, weiterhin Schuldzuweisungen zu machen, seufzte sie nur. „Wenn ich die Verbindung bin, dann führe alle Tests an mir durch, die du durchführen musst. Ich werde alles tun, um meine Tochter zu beschützen."

Sid nickte. „Ich weiß. Und diese ganze Situation ist ein weiterer Grund, warum Gregor und ich Allianzen mit anderen Drachenwandlerärzten schmieden müssen. Wenn wir Zugang zu diesen Informationen oder einen Ort hätten, an dem wir frei miteinander sprechen können, hätte dies schon vor langer Zeit entdeckt werden können und wäre sogar vermeidbar gewesen."

Finn ergriff das Wort. „Aye, aber da die meisten Clans für sich bleiben, denkt jeder, dass es nur eine Ausnahme ist."

„Ja", antwortete Sid. „Aber Wissen gibt uns Macht und bietet uns mehr Möglichkeiten, Freya und die anderen zu behandeln. Wir haben noch nichts, aber ich hoffe, Gregor, Trahern und ich können versuchen, was zu finden, um das Problem zu verringern oder zu beheben. Sobald wir weitere Bestätigung haben, werde ich dir wahrscheinlich etwas Blut entnehmen und nach Stonefire zurückkehren. Unsere gesamte Ausrüstung ist da, ebenso wie Trahern und Dr. Davies."

Dr. Emily Davies war eine menschliche Waliserin, die Arabella nur wenige Male getroffen hatte. Sie arbeitete vorübergehend in Stonefire.

Finn grunzte zustimmend. „Und ich bin mir sicher, dass Bram dir erlauben wird, hierher zurückzukehren, wenn es erforderlich ist. Mach, was du tun musst, um unserer Freya zu helfen."

„Als ob ich weniger tun würde." Sid deutete auf einen Stuhl. „Ich kann dir das Blut genauso gut auch jetzt entnehmen, Ara. So muss ich dich nicht wieder von deinen Kindern holen, zumindest vorerst."

Arabella setzte sich in den Stuhl, krempelte den Ärmel hoch und ließ Sid an ihre Arbeit gehen. Obwohl es ihr wichtigstes Anliegen war, Freya eine sichere und stabile Zukunft zu bieten, konnte sie nicht anders, als sich Sorgen zu machen, ob ihre beiden Söhne ebenfalls betroffen sein könnten.

Nur die Zeit würde das zeigen.

Und sie hasste die Ungewissheit.

Auf dem Weg zurück dorthin, wo Melanie und Tristan auf die Drillinge aufpassten, zog Finn Arabella schnell in einen Nebenraum. Nachdem er die Tür verschlossen hatte, nahm er ihr Gesicht in die Hände. „Wie geht's dir, Liebes?"

Für ein paar Sekunden schwieg Arabella. Finn wusste, dass seine Gefährtin gelegentlich immer noch schlechte Träume von ihrer Folter als Teenager hatte. Zweifellos hatten die Erinnerungen sie erschüttert.

Arabella war stark, aber manchmal reichte die Entschlossenheit nicht aus, um Albträume zu vertreiben.

Sie blickte in seine Augen und sagte: „Hin- und hergerissen. Ich weiß, dass ich das, was mir passiert ist, nicht ändern kann, und es wurde gegen meinen Willen getan, aber ich fühle mich immer noch verantwortlich, Finn. Ich hasse es zu glauben, dass wir Freya in die Welt gesetzt und sie zu einer instabilen Zukunft verurteilt haben."

Er beugte sich vor. „Es ist definitiv nicht deine Schuld, Liebe. Außerdem werden Dr. Sid und die anderen das klären. Und dann wird Freya sich mit ihren Cousins zusammentun und Ärger machen, genau wie jedes normale Kind. Ich werde alles Erforderliche tun, um das zu gewährleisten, auch wenn es bedeutet, den Amazonas-Regenwald nach einer seltenen Blume oder einem riesigen Insekt abzusuchen."

„Du hasst Insekten, also ist das ein ziemlich großes Angebot."

Er knurrte. „Arabella."

Sie lächelte. „Und genau das ist der Grund, warum ich nicht in einen Raum laufe und mich vor der Welt verstecke, wie ich es früher getan hätte. Was mir als Teenager passiert ist, ist finster, aber du strahlst mehr als genug Licht aus, um das meiste davon zu vertreiben."

Er küsste sie vorsichtig. „Dann muss ich noch härter arbeiten, um noch heller zu sein, damit es gar keine Finsternis mehr gibt."

Sie ächzte. „Bitte sag mir, dass du dafür nicht deinen Charme erhöhen wirst. Ich bin mir nicht sicher, dass ich das ertrage."

Er ließ ihr Gesicht los, zog sie zu sich und kuschelte ihre Wange mit seiner eigenen. „Ich habe dir noch Jahrzehnte Charme zu geben, Ara. Und du würdest es nicht anders haben wollen."

Bevor seine Gefährtin etwas erwidern konnte, küsste er sie. Nachdem er langsam an ihrer Unterlippe gekaut und die Innenseite ihres Mundes gestreichelt hatte, zog er sich schließlich zurück. „Aber denk einfach dran, dass Charme nicht das Einzige in meinem Arsenal ist. Sobald Freya und ihre Brüder in Sicherheit und frei von Gefahren sind, werde ich dich deine Vergangenheit und all deine Sorgen vergessen lassen. In unserem Bett."

Arabellas Atem stockte, und er wusste, dass sie es vermisst hatte, ihn nackt und in sich zu haben.

Manchmal fragte er sich, warum das Schicksal eine Schwangerschaft mit wahren Gefährten forderte. Finn hätte es geliebt, ein oder zwei Jahre zu haben, um Arabella wissen zu lassen, wie sehr er sie schätzte.

Sein Drache schnaubte. *Sie gehört uns. Das ist alles, was zählt. Wir haben ein Leben zusammen.*

Arabellas Stimme hinderte ihn daran, seinem Tier zu antworten. „Ich hoffe, du kannst deine Versprechen einhalten, Finn. Schließlich weiß ich, wie träge du aus Schlafmangel sein kannst. Vielleicht sagen mir deine grauen Haare was."

Er schlug ihr sanft auf die Pobacke. „Du hast mir gerade eine Herausforderung gestellt, Liebes."

„Gut." Sie küsste ihn und fuhr fort. „Lass uns also gehen und einen Weg finden, unseren Kindern zu helfen. Je eher wir das tun, desto eher sehe ich, wie du versuchst, diese Herausforderung zu meistern."

Er hätte fast wieder gefragt, ob es ihr gut ging, aber er hielt sich zurück.

Sein Drache meldete sich zu Wort. *Gut. Sie ist stark. Wenn sie Hilfe braucht, wird sie uns darum bitten.*

Er schlang einen Arm um Arabellas Taille und führte sie aus dem Raum dorthin, wo ihre Drillinge waren. Alles, was er tun konnte, war, jedes neue Hindernis anzugehen, sobald es sich zeigte.

Kapitel Zehn

Einige Tage später lag Arabella wach im Bett neben Finn und lauschte auf ihre Kinder. Sie hatte sie gerade gefüttert und gewickelt. Normalerweise würde sie jetzt weiterschlafen, aber gelegentlich schrie Freya, und Arabella eilte an die Seite ihrer Tochter, um sie zu beruhigen.

Ihr Drache gähnte. *Es geht ihr vorerst gut. Außerdem brüllt sie laut genug, um Tote zu wecken. Du wirst das nicht verschlafen. Es gibt noch einen Grund, warum du wach liegst.*

Ihr Tier hatte recht, nicht, dass sie das zugeben wollte. *Ich will Dad vertrauen, das will ich wirklich. Aber ich kenne ihn immer noch nicht gut genug, vor allem, weil er die meiste Zeit bei uns geschlafen hat.*

Mel und Tristan sind im zweiten Kinderzimmer. Unser Bruder wird nicht zulassen, dass was Schlimmes passiert. Ich glaube ja auch nicht, dass es das wird. Unser Vater ist einfach erschöpft. Lass ihn schlafen.

Finn rollte sich auf ihre Seite und legte einen Arm über ihre Brust. Seine erschöpfte Stimme füllte den Raum. „Warum bist du noch wach? Wir haben noch eine Stunde Zeit, bevor wir aufstehen müssen. Du solltest schlafen."

Sie kuschelte sich an Finns Seite und zog die Tatöwierung an seinem Bizeps nach. „Bis wir Freyas Drachen zähmen können, werde ich mir immer Sorgen machen. Sollten Sid und Gregor nicht schon mehr Informationen haben?"

„Bis der australische Clan seine Tests gemacht hat, gibt es keine Vergleichswerte. Sie tun alles, was sie können, Liebes. Und das weißt du."

Sie blieb ein paar Sekunden still und hörte nicht auf, die Finger über seinen Arm zu bewegen. „Zumindest ist das Problem mit deiner Familie gelöst, das ist doch schon mal was. Holly und Fraser haben sich eingelebt, und Gina und Fergus sind immer noch im Rausch. Selbst Faye hat sich benommen, wahrscheinlich weil sie einfach müde davon ist, sich um Mac-im-Quadrat zu kümmern."

„Aye, für den Augenblick läuft es gut mit ihnen. Wir werden sehen, ob das von Dauer ist." Er küsste ihre Wange, und seine Stoppeln kitzelten ihre Haut. „Aber ich würde mich eine Million Mal mit ihnen rumärgern, wenn dafür Freyas Drache für immer stabil und unter Kontrolle wäre.

Der Drache ihrer Tochter hatte sich öfter gezeigt, als Arabella lieb gewesen wäre.

Sie drehte ihr Gesicht so, dass sie Finn küssen und ihn genauso beruhigen konnte wie sich selbst, doch ein donnerndes Brüllen hielt sie davon ab. „Freya."

Beide sprangen aus dem Bett, und Arabella eilte in das Zimmer neben ihrem. Sie schaltete das Licht an, und ihr Herz stolperte.

Anstatt eines menschliches Babys lag ein kleiner goldener Drachen in Freyas Bettchen.

Ihr erster Gedanke war zu schluchzen – nur wenige Kinder, die so jung wandelten, wandelten je zurück.

Aber ihr Drache knurrte. *Sie ist* unsere *Tochter. Sie kann alles überwinden.*

Finn sagte mit beruhigender Stimme: „Das ist mein Mädel, ein goldener Drache wie dein Vater."

Freya bewegte den Kopf, um dem Blick ihres Vaters zu begegnen, und stieß ein kleines Brüllen aus.

Da Finn besser darin war, ihre Tochter zu beruhigen, blieb Arabella dort, wo sie war, und beobachtete sie beide genau.

Finn ging einen weiteren Schritt und streckte eine Hand aus. „Das war ein ganz schön beeindruckendes Brüllen, für einen so Kleinen. Ich bin sicher, dass alle Kerle vor Wut kochen werden, wenn sie nicht so brüllen können wie du, Freya."

Der Babydrache brüllte nicht mehr, also machte

Finn einen weiteren Schritt. Arabella musste sich zusammenreißen, um nicht zu ihrer Tochter zu eilen und sie hochzuheben.

Finn hielt seine Hand vor Freyas Schnauze und sagte: „Lass mich mein feuriges Mädel streicheln, aye?"

Arabella grub die Nägel so tief in ihre Handfläche, dass es wahrscheinlich bluten würde. Aber sie blieb stehen und wartete darauf zu sehen, was Freya tun würde.

Nach ein paar weiteren Sekunden schlug sie ihre Schnauze gegen Finns Hand. Er kratzte sie hinter ihren winzigen Ohren. „Aye, es gibt nichts Besseres als einen guten Ohrenkratzer, besonders wenn man klein ist. Ich erinnere mich, wie schuppig meine Haut als Junge war."

Freya sah ihrem Vater in die Augen, bevor sie sich niederbeugte und in Finns Arme sprang.

Als ihre Tochter sich an Finns Brust kuschelte, sagte er: „Ruf Layla!"

Sie war hin- und hergerissen, ob sie bleiben oder tun sollte, was er wollte.

Ihr Tier meldete sich zu Wort. *Finn wird sich um sie kümmern. Wir brauchen Laylas Hilfe.*

Bevor Arabella ihre Meinung ändern konnte, rannte sie in den Flur und in Finns Zimmer. Sie nahm ihr Handy und wählte Laylas Nummer.

Beim zweiten Klingeln ging die Ärztin ran. „Arabella? Was ist los?"

„Freya hat sich in ihre Drachengestalt gewandelt."

Glücklicherweise blieb Laylas Stimme stark, was Arabella vor einer Panik bewahrte. „Ich werde sofort da sein. Ich rufe unterwegs auch Sid an, nur für den Fall, dass sie seit gestern Abend was in Erfahrung gebracht hat."

„Beeil dich, Layla."

„Das werde ich, Ara. Stark und gefasst zu bleiben, ist das Beste, was du jetzt für die Kleine tun kannst."

Die Leitung war tot, und Arabella nahm das Telefon herunter. Melanies leise Stimme war von der Tür zu hören: „Ist alles okay, Ara? Wir haben euch herumlaufen gehört."

Arabella erklärte die Situation und fügte hinzu: „Ich weiß, dass es viel verlangt ist, aber kannst du die Zwillinge beschäftigen? Ich will nicht, dass ihre eigenen inneren Drachen herauskommen und sich überlegen, dasselbe zu versuchen."

Melanie zog sie in eine Umarmung. „Natürlich. Sie schlafen noch im zweiten Kinderzimmer, und Tristan passt auf sie auf. Ich wünschte nur, es gäbe sonst noch was, das ich tun könnte."

Sie lehnte sich zurück und sah ihrer Schwägerin in die Augen. „So sehr du es hasst, aber du kannst nicht alles reparieren, Mel."

„Denk nur daran, dass das auch auf dich zutrifft, Ara. Vertrau den Ärzten, und alles wird gut werden.

Niemand ist besser darin, eine Lösung und eine Heilung zu finden, als Dr. Sid."

Sie schluckte das Gefühl herunter, das ihre Kehle zuschnürte, und nickte. „Ich weiß."

Melanie strich Arabellas Haar zurück. „Dann geh zu deiner Tochter. Tristan und ich werden den Rest deiner Familie so lange beschützen, wie du es brauchst."

Nach einer weiteren schnellen Umarmung rannte Arabella zurück dorthin, wo Finn und Freya sein sollten. Sobald sie jedoch den Raum betrat, hielt sie an und versuchte, nicht in Panik zu geraten.

Finn und Freya waren nirgendwo zu sehen.

In fast jeder anderen Situation hätte Finn darüber gelacht, dass er in einer Hecke unter dem Kinderzimmer festsaß.

Doch die Gegenwart war nicht zum Lachen.

Freya war aus seinen Armen zum Fenster gehüpft, hatte ihn noch einmal angesehen und sich dann in die Luft gestürzt.

In diesem Moment war sein Herz aus der Brust gesprungen.

Aber dann hatte er gesehen, wie sie ein paarmal ihre kleinen Flügel schlug, bevor sie in eine Hecke krachte. In der Sekunde, in der er sie wieder auftauchen sah und sie sich verhielt, als ob alles normal wäre, gab es keine andere Alternative, als dass Finn dasselbe tat und aus dem Fenster sprang.

Während er sich noch bemühte, sich aus der Hecke zu befreien, war Freya bereits auf dem Boden, drehte sich im Kreis und jagte ihren Schwanz.

Endlich konnte er sich aus der Hecke befreien, ging langsam zu Freya und überlegte, was zu tun sei. Denn wenn ihr Drache das Sagen hatte, konnte er es für ein Spiel halten, und dann konnte er sie ewig verfolgen.

Sein Tier meldete sich zu Wort. *Ich sage immer noch, wir sollten wandeln. Selbst ein kleiner Drache ohne Verstand hört auf einen viel größeren. Und ich bin einer der größten in Lochguard.*

Er ignorierte das Ego seines Drachen, um sich auf das zu konzentrieren, was wichtiger war. *Es könnte sie auch erschrecken. Ara und ich hatten noch keine Zeit, uns in unsere Drachengestalten zu verwandeln und euch den Kleinen vorzustellen.*

Und wessen Schuld ist das?

Finn seufzte innerlich. *Ich verspreche, mehr auf dich zu hören, sobald das geregelt ist. Aber fürs Erste ... arbeite mit mir zusammen, aye?*

Sein Drache grunzte. *Dann wandle.*

Arabellas Stimme drang vom Fenster über ihm herunter. „Finn? Was ist los?"

Freya sah zu ihrer Mutter auf, bevor sie in den hinteren Teil des Gartens stürmte.

Finn antwortete: „Vertrau mir", bevor er seine Kleider auszog und sich vorstellte, dass seine Nase sich zu einer Schnauze dehnte, seine Finger zu Krallen wurden und Flügel aus seinem Rücken wuchsen. Innerhalb von Sekunden stand er in seiner goldenen Drachengestalt da.

Sein Drache meldete sich zu Wort. *Lass mich übernehmen und es zuerst versuchen.*

Finn zog sich in den Hinterkopf zurück und tat, worum er gebeten worden war.

Sein Tier ging langsam auf Freya zu, die nun versuchte, einen Käfer in ihrem Kiefer zu fangen. Wenn seine einzige Tochter nicht gefährdet gewesen wäre, hätte Finn die Szene entzückend gefunden.

Sein Drache grunzte, und Freya hielt mit offenem Mund inne. Nach einem weiteren Grunzen sah der kleine Drache ihm in die Augen.

Er brüllte vorsichtig und deutete auf das Haus.

Freya schoss in das hüfthohe Gras ganz hinten im Garten.

Sein Drache sprach in ihrem Kopf. *Ich glaube, sie will spielen. Lass es uns versuchen.*

Finn vertraute seinem Tier und sagte nichts.

Freya reckte den Kopf hoch und duckte sich dann mit einem Quietschen. Sie konnte das in ihrer menschlichen Gestalt zwar noch lange nicht tun, aber Babydrachen konnten von Geburt an laufen. Das war ein weiterer Grund, warum es am besten war, dass sie normalerweise nicht wandelten, bis sie älter waren. Sonst würden die Eltern viel früher schon durchdrehen.

Sein Drache stand ruhig und unbewegt da. Finn

wollte ihm zuschreien, er solle weitermachen, aber er widerstand. Seine andere Hälfte hatte ihn noch nie im Stich gelassen.

Nach gefühlten Stunden stieß sein Drache den Kopf hinunter und packte sanft Freyas Nacken. Als er die Kleine hochhob, blieb sie wie erstarrt. Finn fragte: *Woher wusstest du, dass du das tun musst?*

Instinkt. Drachen sind nicht die Einzigen, die diese Methode benutzen, um ihre Jungen zu holen.

Katzen taten es auch, zum einen. Aber Finn hatte nicht vor, seinen Drachen mit einem kleinen, struppigen Biest zu vergleichen.

Sein Drache schwang sie vorsichtig herum und marschierte auf das Cottage zu. Wegen ihrer Größe legten sie Freya mühelos in Arabellas ausgestreckte Arme, die noch immer am Kinderzimmer-Fenster stand.

Seine Gefährtin kuschelte Freya sofort an sich und sagte: „Tu das nie wieder, Liebes. Aus dem Fenster zu springen, ist nicht okay."

Freya grunzte, und Finn hätte gelacht, wenn er in menschlicher Gestalt gewesen wäre. Er hatte so das Gefühl, dass Arabella noch innerhalb dieser Woche Gitter an den Fenstern würde haben wollen.

Nicht, dass er Zeit hatte, lange darauf zu beharren. Layla rannte in den Garten und pikste Finn in die Seite. „Heb mich da hoch."

Sein Tier meldete sich zu Wort. *Ich bin doch keine Leiter oder ein Kran.*

Tu es einfach, Drache. Freya zuliebe.

Schön, obwohl ich glaube, Freya wollte nur spielen.

Sein Drache hob Layla mit einer Vordergliedmaße hoch und setzte sie vorsichtig auf die Fensterbank.

Sobald die Ärztin drin war, stellte sich Finn vor, dass seine Flügel schrumpften, seine Schnauze wieder zu Nase und Gesicht wurde und sein Schwanz in seinem Körper verschwand. In der Sekunde, in der er wieder ein Mensch war, schnappte er sich seine Kleider, ging zur Tür und rannte die Treppe hinauf.

Arabella hielt Freyas kleine Drachengestalt gegen ihren Körper und wollte ihr Herz dazu bringen, dass es langsamer schlug.

Sie hatte ihr kleines Mädchen wieder, aber die Situation war bei weitem nicht stabil.

Doch als Layla in den Raum kletterte, musste Arabella sich in den Stuhl setzen. Ihr kleines Mädchen war nicht so klein in seiner Drachengestalt und wog wahrscheinlich mindestens fünfzig Pfund.

Layla ging in die Hocke, auf Augenhöhe mit Freya und sagte mit einem Lächeln: „Du bist vielleicht das einzige Mädchen, aber du kommst nach deinem Vater, oder? Ich kann mir vorstellen, dass er das Gleiche als Junge getan hat. Schließlich sind wir fast gleich alt. Ich habe also viele Geschichten, die ich dir erzählen kann, wenn du älter bist."

Arabella wusste, dass Layla Freya mit ihrem Charme verzaubern wollte, aber sie platzte unwillkürlich heraus: „Hast du was Neues herausgefunden?"

Layla wandte ihren Blick zu Arabella und lächelte weiter. „Vielleicht. Sid und Gregor denken, dass die Beruhigungsmittel bestimmte Hormone in deinem Körper beeinflusst haben, was dann zu Ungleichgewichten bei deinen Kleinen geführt hat. Wenn sie recht haben, dann sollte eine monatliche Verabreichung von Medikamenten die jungen Drachen in ihren Verstecken im Kopf halten, bis sie reif sind. Zumindest, bis sie reif genug sind, um zur gleichen Zeit wie alle anderen herauszukommen, das heißt, mit fünf oder sechs Jahren. Wir werden sehen müssen, wie es danach geht, denn vielleicht werden sich die Ungleichgewichte mit zunehmender Reife auch von selbst regeln."

Arabella wandte den Blick zu ihrer Tochter und kratzte sie hinter einem ihrer Ohren. Freya lehnte sich in die Berührung, und Arabella zögerte. Freya war so glücklich in ihrer Drachengestalt. Was würde passieren, wenn sie sie ihr wegnehmen würden? Das könnte sie ihr für immer übelnehmen.

Und doch, wenn sie Freyas Drachen erlaubte, nach Belieben herauszukommen, könnte es ihre Tochter wild werden lassen.

Ihr Tier meldete sich zu Wort. *Freya ist clever.*

Vielleicht können wir ihrem Drachen beibringen, sich zurückzuwandeln. Wenn das fehlschlägt, verwenden wir das Medikament, um die Drachenhälfte zu zähmen.

Es könnte katastrophal sein, und doch ...

Möchtest du mit Finn reden und es vielleicht probieren, beendete ihr Drache den Satz.

Sie sah zu Layla zurück. „Sobald Sid mehr Informationen hat, lass es uns wissen. Ich muss zuerst mit Finn reden."

Layla nickte und stand auf. „Natürlich, aber ich werde dennoch erst einmal täglich nach den Drillingen sehen. Wenn es gefährlich wird, müssen wir ihre Drachen unterwerfen, Ara. Ich weiß, sie scheint glücklich zu sein, aber wenn sie wild wird, dann könntest du sie für immer verlieren."

Oder, schlimmer noch, das Ministerium für Drachenangelegenheiten könnte sie ihr wegnehmen und ins Gefängnis werfen.

Manche hätten bei Laylas Ehrlichkeit geschrien oder um sich geschlagen, aber Arabella fand Trost darin. „Du bist eine fantastische Ärztin, Layla. Ich kann es kaum erwarten zu sehen, was du in Zukunft erreichen wirst."

Laylas blasse Wangen färbten sich rosa. „Ich mache nur meinen Job."

„Das tust du, aber denk daran, dir auch Zeit für dich zu nehmen. Sich selbst zu Tode zu arbeiten, hilft niemandem."

Layla arbeitete irgendwie mehr als Finn je vor

der Geburt der Drillinge gearbeitet hatte, und Arabella machte sich Sorgen um sie. Vor allem, weil sie wusste, dass Chase McFarland – Grants jüngerer Bruder – jede Gelegenheit nutzte, Layla auf der Krankenstation aufzusuchen und sie einzuladen. Arabella dachte, ein bisschen Spaß würde der Ärztin guttun. Zu schade, dass Layla die Aufmerksamkeit des Mannes nicht zu bemerken schien.

Bevor sie jedoch irgendwas vorschlagen konnte, ging Layla zum Eingang. „Sorge dafür, dass sie möglichst bald zurückwandelt. Es könnte helfen, sie zusehen zu lassen, wir ihr Dad es tut. Ich will nur nicht riskieren, dass sie ihre Gestalt zu sehr mag und dann nie wieder wandelt."

Freya gähnte und rollte sich zu einer Kugel auf Arabellas Schoß zusammen.

Nun, sie versuchte, sich zu einer Kugel zusammenzurollen. Arabellas Schoß war nicht ganz groß genug, und es war eher, als ob sie sich gegen ihre Brust lehnte und sich auf ihrem Schoß ausbreitete.

Finn erschien direkt hinter Layla. „Aye, ich versuche es, sobald sie aufwacht. Sie verdient ein kleines Nickerchen nach ihrem jüngsten Abenteuer."

Mit einem Nicken ließ Layla sie allein.

Ihr Gefährte stellte sich an ihre Seite und kratzte sanft Freyas Ohren. „Sie hat sich noch nicht wild benommen, Ara. Alles könnte gut werden."

Sie sah zu ihrem Gefährten auf und fragte: „Wie viel hast du gehört?"

„Alles." Er legte einen Arm um Arabellas Schulter, und sie lehnte sich gegen ihn. Er fuhr fort: „Und ich stimme zu, dass wir Freya eine Chance geben sollten. Sie ist intelligent für ihr Alter und will nur spielen. Wenn man bedenkt, dass sie sich in ihrer menschlichen Gestalt noch nicht einmal umdrehen kann, kann ich es ihr nicht verdenken."

Beide beobachteten, wie ihr kleines Mädchen schlief, ihre Brust sich mit jedem Atemzug hob und senkte. Sie war für den Moment in Sicherheit, und das war alles, was zählte.

Arabella entschied sich, die Stimmung zu lockern und ihren Blutdruck zu senken, und sagte: „Typisch, dass sie ein goldener Drache ist und nicht lila."

„Aye, nun, Golddrachen funkeln schließlich. Vielleicht kommen auch die Jungs nach ihrem alten Dad."

„Ich würde gern denken, dass sie so violett sein werden wie ich", antwortete Arabella. „Ich weiß, dass männliche Drachen selten lila sind, aber das würde sie viel besonderer machen."

Finn schmunzelte. „Unsere Söhne, die nächste Generation von Drachenmodels."

Sie schnaubte. „Hoffen wir's nicht. Männliche Egos sind groß genug. Wenn alle sie schon in jungen Jahren bewundern? Sie werden unerträglich werden."

Finn zog sie an sich. „Mit dir, Faye und Tante Lorna glaube ich nicht, dass wir uns darum sorgen müssen. Außerdem könnten Hollys und Frasers Zwillingsmädchen Konkurrenten vertragen. Ich fange an, mich für die Idee zu erwärmen, dass Dec und Gray lila sind."

„Der Clan wird höchstwahrscheinlich denken, dass du und deine Cousins versucht, die Welt zu übernehmen, besonders mit zwei Raritäten in einer Generation. Ich bin sicher, dass eines Tages Geschichten darüber gesungen werden."

„Aye, mir gefällt, wie sich das anhört." Sie verdrehte die Augen, und Finn lachte. „Das ist alles hypothetisch, Liebes. Unsere Söhne könnten meinetwegen gepunktet sein, solange wir zusammen sind."

Vielleicht, wenn ihre Kinder älter waren, könnte sie Finn einen Streich spielen. Es könnte Spaß machen, ihre Drachenhaut mit abwaschbarer Farbe zu bemalen und Finn dabei zu beobachten, wie er sich fragt, ob sie eine neue Krankheit haben.

Ihr Drache lachte leise. *Jetzt bist du aber ein bisschen teuflisch.*

Ich sehe es als Maßnahme, um Finn auf Trab zu halten."

Ihr Tier lachte, als es sich in ihrem Hinterkopf zusammengerollt hatte.

Arabella genoss einen Moment des Friedens, lehnte sich gegen ihren Gefährten und kuschelte ihre Tochter. Sie würden vielleicht bald schwierige Entscheidungen treffen müssen, aber die konnten ruhig noch ein bisschen länger warten.

Kapitel Elf

George MacLeod saß auf seinem Bett und widersetzte sich dem Drang, die Stümpfe seiner Beine zu reiben.

Bei all dem Gelaufe und Geschrei wusste er, dass etwas nicht stimmte. Ein Teil von ihm wollte nach Arabella sehen, um sicherzustellen, dass alles in Ordnung war.

Aber dann erinnerte er sich daran, wie er sie und Tristan im Stich gelassen hatte, also blieb er hier. Seine Tochter hatte jetzt einen Gefährten, der sie beschützte. Georges Zeitfenster der Wiedergutmachung hatte sich geschlossen.

Nachdem er jahrelang seinen inneren Drachen unterdrückt hatte, meldete sich das Tier nur noch selten. Es saß jedoch hinten in Georgs Verstand und grunzte.

George würdigte seinen Drachen keiner Antwort, strich sich mit einer Hand über das

Gesicht, sah zu seinen Prothesen und überlegte, sie anzulegen. Bei all der Aufregung wäre es leicht genug abzuhauen. Dann hätte Arabella eine Sache weniger, um die sie sich Sorgen machen müsste.

Ein Klopfen an der Tür ließ ihn zusammenzucken. Tristans Stimme drang durch die Tür. „Ich höre dich da drin. Ich komme jetzt rein."

Sein Sohn trat ein und schloss die Tür hinter sich. Tristan verschränkte die Arme und musterte ihn.

George wandte den Blick ab.

Er hatte seinen Sohn genauso enttäuscht wie seine Tochter.

Tristan knurrte. „Wenn du wieder gehen willst, dann tu es einfach. Je länger du bleibst, desto mehr wird Arabella sich Hoffnungen machen. Und auch wenn Finn ihr Gefährte ist und sie in den meisten Fällen beschützen kann, werde auch ich sie vor dir beschützen, falls nötig."

Schweigen. George hatte nichts zu seiner Verteidigung vorzubringen.

Vielleicht wäre es besser, wenn er ginge.

Jetzt meldete sich sein Drache doch zu Wort. *Unsere Enkel.*

Bevor er sich entscheiden konnte, ob er seinem Tier antworten sollte oder nicht, erklang ein weiteres Klopfen. Aus dem Augenwinkel sah George einen Menschenmann in seinen Sechzigern eintreten. George hatte ihn schon einmal gesehen, erinnerte sich aber nicht an seinen Namen.

Der Mann sprach mit schottischem Dialekt. „Tristan, lass uns allein."

„Du bist ein Mensch, Ross. Es ist keine kluge Idee, mit George allein gelassen zu werden. In einem körperlichen Kampf würde er immer noch gewinnen."

„Ich weiß, was ich tue, Junge. Lass uns allein."

Tristan rührte sich nicht. Nach ein paar Sekunden seufzte er. „Scheinbar sind unsere Clans heutzutage voller hartnäckiger Menschen. Aber ich bin direkt vor der Tür. Und das ist nicht verhandelbar."

Tristan ging, und der Menschenmann sprach wieder. „Ich bin nicht beängstigend, George. Sehen Sie mich wenigstens an, aye? Ich bin etwas interessanter als der Boden."

Aus Neugier sah er den lächelnden Mann an. Der Mensch war viel zu fröhlich für Georges Geschmack.

Nicht, dass er die Gelegenheit hatte, etwas zu sagen, selbst wenn er es wollte. Ross setzte sich neben ihn aufs Bett und fuhr fort. „Sie kennen mich nicht, aber wir haben was gemeinsam, Sie und ich. Meine Frau wurde ebenfalls ermordet."

Das reizte Georges Neugier. „Aber ich habe Sie vor ein paar Tagen mit ihr gesehen."

„Nein, das ist meine zweite Frau, Lorna. Ich habe meine erste Frau Anne vor vielen Jahren verloren. Sie wurde von einem Stalker ermordet."

„Das ist überhaupt nicht dasselbe", brachte er zwischen zusammengebissenen Zähnen hervor.

Ross hob die Brauen. „Wie? Sie hat den Stalker gemeldet, aber die Polizei hat nichts unternommen. Ich hätte wegziehen können, und ich tat es nicht. Die längste Zeit habe ich mir die Schuld gegeben." Ross verstummte ein paar Sekunden lang, bevor er hinzufügte: „Ich musste mich erst in Lorna verlieben, um zu erkennen, dass ich nicht viel hätte tun können. Nach allem, was ich über Ihre Frau gehört habe, hätten auch Sie selbst nicht viel ausrichten können. Sie ist mit Arabella zu einem Jagdgebiet geflogen, aye? Und die Jäger griffen sie unterwegs an."

Auf Ross' Worte hin schloss George die Augen. Er hatte sich die Situation tausendmal vorgestellt, und jedes Mal wollte er sich das Herz aus der Brust reißen, wenn es bedeutete, dass er mit Jocelyn tauschen könnte.

Er antwortete schließlich: „Selbst, wenn wir beide nicht hätten verhindern können, was mit unseren Frauen passiert ist, war das, was ich danach getan habe, schlimmer."

Ross wandte den Blick ab und legte seine Hände zusammen. „Nach dem Tod meiner Frau zu bleiben, war nicht einfach. Aber trotzdem gibt es da etwas, das Sie übersehen."

Das Vertrauen des Menschen löste Irritationen in ihm aus. „Und das wäre?"

Ross sah ihm in die Augen und sagte: „Sie sind geblieben, bis Arabella durchgekommen ist. Ich bin kein Arzt, aber ich wette, das hat ihr das Leben gerettet. Also, aye, wegzulaufen war eine Schande. Aber wenigstens haben Sie Ihrer Tochter geholfen, als sie es am meisten gebraucht hat. Sie ist heute zum Teil Ihretwegen hier, und nicht nur, weil Sie ihre Mutter gevögelt haben."

Der Mensch war seltsam, und George ignorierte seinen Hinweis auf Arabellas Zeugung. „So einfach ist das nicht. Mein Sohn hat mir erzählt, wie Ara fast ein Jahrzehnt lang gelitten hat. Mein Weglaufen hat dabei eine große Rolle gespielt."

„Vielleicht. Aber Sie sind jetzt hier und wohnen im Haus Ihrer Tochter. Ara war früher ein einsames Mädel, aber sie hat jetzt mehr Liebe und Familie als je zuvor. Ich bin jedoch der Meinung, dass sie immer noch ein bisschen mehr gebrauchen könnte, besonders von einem Vater, von dem sie angenommen hat, er sei tot." Ross stand auf. „Wenn Sie jemals reden wollen und sich selbst über das, was mit Ihrer Gefährtin passiert ist, klar werden müssen, dann kommen Sie zu mir. Aber nur Sie können den Willen finden, zu leben und mit Ihren Kindern neu anzufangen. Die Frage ist, ob Sie sich für immer bestrafen und sich einer Beziehung mit ihren Enkeln verweigern wollen, oder sich Ihren Ängsten und Schuldgefühlen stellen, um vielleicht wieder Liebe in Ihrem Leben zu haben. Sie haben die Wahl."

Damit verließ Ross den Raum.

Als George allein auf seinem Bett saß, blitzte ein Hauch Hoffnung in seiner Brust auf. Das konnte alles Quatsch sein, was Ross da sagte, aber Georges Bauch sagte ihm, dass es das nicht war.

Obwohl George keine Ahnung hatte, warum sich ein menschlicher Schotte um sein Glück scheren sollte.

Sein Drache flüsterte, *Du hast es vergessen, aber ich nicht. So war es vor vielen Jahren in Stonefire.*

George wusste genau, dass er nicht die Kraft hatte, sich jedem in Stonefire zu stellen.

Zumindest noch nicht.

Er blinzelte. Woher war dieser Gedanke gekommen?

Sein Drache erwiderte, *Ich sage: Kämpfe! Ich werde helfen.*

Da sein Tier seit über einem Jahrzehnt keine Hilfe angeboten hatte, ließ George das innehalten.

Er rieb sich das Gesicht. Er hatte keine Ahnung, warum so viele Leute ihm helfen wollten, einem englischen Fremden. Aber aus irgendeinem Grund begannen ihr Optimismus und ihre Entschlossenheit auf ihn abzufärben.

Zum ersten Mal überlegte George sich, darum zu kämpfen, der Mann zu sein, den seine Kinder und Enkel verdienten. Das einzige Problem war, dass er nicht wusste, ob er stark genug war, es zu tun, oder nicht.

Kapitel Zwölf

Arabella erwachte am nächsten Morgen, Sonnenlicht strömte durch das Fenster des Kinderzimmers.

Finn hatte sie offensichtlich schlafen lassen und ihre gefrorene Muttermilch benutzt, um die Zwillinge zu füttern.

Apropos, wenn sie nicht bald ein Baby fand, würden ihre Brüste platzen.

Das schwere Gewicht von Freyas Drachen lag nicht mehr auf ihrer Brust, und als Arabella den Blick senkte, erstarrte sie.

Freya schlief in Arabellas Armen, aber sie war in ihrer menschlichen Gestalt.

Erleichterung stürzte über sie und sie blinzelte Tränen zurück. Wenigstens im Moment war ihre Tochter in Sicherheit.

Sie schluckte ihre Gefühle herunter, um die Kleine nicht zu wecken, da fiel ihr auf, dass jemand eine Decke über Freya geworfen hatte. Ganz langsam hob Arabella sie hoch und sah, dass ihre Tochter bis auf eine Windel nackt war.

Ihr Tier meldete sich zu Wort. *Vielleicht hat Finn sie gewickelt und sie zurückgebracht.*

Und ich habe alles verschlafen. Ich bin wohl keine sehr gute Mutter.

Hör auf! Natürlich sind wir das. Wenn Finn in der Nähe ist, wissen wir, dass alles in Ordnung ist.

Sie nahm sich einen Moment Zeit, um sanft die Wange ihrer Tochter zu streicheln. Wenn Freya sich tatsächlich problemlos gewandelt hatte, dann würden sie ihr vielleicht keine Medikamente verabreichen und ihren Drachen verbannen müssen.

Nachdem sie wer weiß wie lange ihre schlafende Tochter betrachtet hatte, entschied Arabella schließlich, dass sie allmählich aufstehen und den Rest ihrer Familie suchen sollte.

Sie schaffte es, sich hochzustemmen und das Kinderzimmer zu verlassen, ohne Freya zu wecken. Auf dem Weg zur Treppe füllte der Geruch von Pfannkuchen und Speck ihre Nase.

Ihr Magen knurrte, und Arabella bewegte sich so schnell es ihr möglich war, ohne ihr Baby zu wecken. Sie hatte nicht viel gegessen, seit Freya mit geschlitzten Drachenaugen aufgewacht war. Vielleicht musste sie denjenigen, der das Frühstück zubereitet hatte, einfach küssen.

Sobald sie jedoch die Küche und den Essbereich betrat, blieb sie abrupt stehen.

Ihr Vater stand am Herd und wendete gerade einen Pfannkuchen. Tristan und Melanie hielten jeweils einen von Arabellas Söhnen und boten ihnen verschiedene Spielzeuge an, um sie bei Laune zu halten.

Finn war an Georges Seite und gab ihm Anweisungen, wann die Pfannkuchen gewendet werden sollten.

Wenn man bedachte, dass, als sie ihren Vater das letzte Mal gesehen hatte, er kaum ein paar Sätze gemurmelt und seinen Blick auf den Boden gerichtet hatte, fragte sie sich, was diesen Wandel verursacht hatte.

Finn bemerkte sie zuerst. „Guten Morgen, Liebes. Ich hoffe, du hast Hunger. Wir haben genug Essen, um eine ganze Armee zu versorgen."

Bei dem fröhlichen Ton ihres Gefährten lächelte sie. „Du meinst also kaum genug, um die MacKenzies zu füttern."

„Ah, aber ich habe sie auch gar nicht eingeladen, also haben wir genug für uns." Finn klopfte ihrem Vater auf die Schulter. „Dein Dad hier war eine große Hilfe. Er war sogar zuerst auf und hat versucht, alles zu finden. Also hab ich mich entschieden, ihm zu helfen. Dein Bruder und Mel sind beim ersten Speckduft vorbeigekommen."

Tristan grunzte. „Es ist eher so, dass eure Söhne geschrien haben und Hunger hatten. Im Gegensatz zu euch esse ich gar nicht so viel."

Melanie verdrehte die Augen. „Du hast zuerst

den Speck gerochen, und dein Aufstehen hat die Zwillinge geweckt."

„Mel", knurrte Tristan.

„Hey, es stimmt." Sie grinste Arabella an. „Apropos eure Söhne, ich bin mir nicht sicher, wie du es schaffst, alle drei Babys zu füttern. Diese beiden könnten wahrscheinlich eine ganze Kuh fressen und hätten trotzdem noch Hunger."

„Gut, denn ich muss einen von ihnen füttern, und ich will Freya nicht wecken. Apropos, wann hat sie sich zurückgewandelt?"

Finn kam rüber und nahm ihre Tochter. Freya kuschelte sich an Finns Brust und erschlaffte wieder. „Sie hat es allein gemacht", sagte er.

Melanie übergab Declan, und Arabella nahm ihn. „Was?"

Finn deutete mit dem Kopf und sagte leise: „Setz dich, Ara, und ich erzähle dir alles. Denn wenn du nicht anfängst, diesen Jungen zu füttern, wird Dec Zeter und Mordio schreien, mit der Nahrungsquelle so nah."

In jeder anderen Situation hätte Arabella ihre Augen verdreht und eine witzige Retourkutsche gemacht. Aber sie setzte sich und legte Declan an, bevor sie ihren Gefährten wieder ansah. „Und? Was ist passiert?"

Finn küsste Freyas Stirn, bevor er antwortete: „Tante Lorna und Ross sind gestern Abend vorbeigekommen, nachdem ihr jemand von dem Aufruhr erzählt hatte. Als ich die Tür aufgemacht und meine

Tante ins Kinderzimmer gebracht hatte, hatte Freya schon gewandelt. Da ich nicht wollte, dass sie dich anpieselt, habe ich es riskiert, ihr eine Windel anzuziehen. Und die Kleine hat die ganze Zeit durchgeschlafen. Ich schätze, aus einem Fenster zu springen ist anstrengend für ein Kleines."

Declan wickelte seine winzigen Finger um Arabellas Zeigefinger, während er weiter trank. „Es ist eher so, dass sie nach dir kommt und der Welt beweisen will, wie schlau sie ist."

Die Stimme ihres Vaters füllte den Raum. „Oder sie hat deine Sturheit."

Ihr Blick schoss auf den ihres Vaters, und auch wenn ihr Dad nicht lächelte, sah sie nicht mehr das Mitleid und den Selbsthass von zuvor.

Etwas musste passiert sein, aber Arabella wollte es jetzt nicht in Frage stellen. „Was deine Schuld wäre, denn Tristan und ich haben das von dir geerbt."

Sie widersetzte sich, den Atem anzuhalten, als sie darauf wartete, dass ihr Dad antwortete. Sie hasste es, wie auf Eiern um ihn herumzulaufen. Aber sie wusste mehr als jeder andere, dass die Veränderung sich nicht sofort einstellte.

Ihr Dad antwortete: „Das hat deine Mutter auch immer gesagt."

Bei der Erwähnung ihrer Mutter drohten Tränen zu fallen, aber sie hielt sie zurück. Wenn sie weinte, würde ihr Vater vielleicht wieder zurück in sein Zimmer eilen. „Nun, ich glaube, Freya hat es auch.

Wir haben es noch nicht bei den Jungs gesehen, obwohl ich vermute, dass sie sogar noch schlimmer sein werden." Sie hielt inne und platzte schließlich hervor: „Dec ist fertig. Möchtest du dich hinsetzen und ihn ein Bäuerchen machen lassen, Dad?"

Finn legte Freya an seine Schulter und hielt ihre Tochter mit einem Arm dort fest. „Ich kann die Pfannkuchen übernehmen. Ich bin sehr geschickt darin, Dinge mit einer Hand zu machen."

Wenn Fraser im Raum gewesen wäre, das wusste Arabella, wäre das Gespräch in die Gosse gelenkt worden. Und ein Teil von ihr wünschte sich, ihre ganze Familie könnte hier sein. Mehr als irgendwer konnten die MacKenzies die Stimmung aufhellen und jemanden dazu bringen, sich wohlzufühlen.

Nun, nachdem sich derjenige vom anfänglichen Schock über das Verhalten der MacKenzies erholt hatte. Aber letzten Endes lächelten alle mit ihnen im Raum, zankten und stritten wie gewohnt.

Und ihr Vater konnte dringend mehr Lächeln gebrauchen und vielleicht sogar Lachen.

Ihr Drache meldete sich zu Wort. *Bald. Wir wollen Dad noch nicht überfordern.*

Wie ich Tante Lorna kenne, werden wir heute Abend sowieso alle zum Essen bei ihr sein, auch wenn Fergus und Gina immer noch im Rausch sind.

Die Stimme ihres Vaters hinderte ihr Tier daran zu antworten. „Ich bin froh, dass du wieder mit deinem Drachen sprichst."

„Ich auch." Sie deutete auf einen Platz neben

sich. Sobald ihr Vater sich in den Sessel manövriert hatte, bot sie ihm Dec an. „Dieses Baby liebt Aufmerksamkeit, also solltest du keine Probleme mit ihm haben."

Declan gab ein paar „ahh, ahh, ahh"-Geräusche von sich, und ihr Dad lächelte.

Der Anblick erinnerte sie daran, wie ihr Dad, als sie ein Kind war, gelächelt hatte, bevor er sie hochhob und in die Luft warf.

Vielleicht wäre er in der Zukunft wieder so.

Als ihr Vater Declan über seine Schulter legte und ihm sanft den Rücken tätschelte, brachte Melanie Grayson und sagte: „Ich denke, nächstes Mal müssen wir die Zwillinge mitbringen. Annabel neigt dazu, die anderen Kinder in ihrem Alter zu dominieren, aber ich denke, deine Kinder könnten es ihr schwerer machen."

Sie legte Grayson an ihre andere Brust und schnaubte. „Dir ist schon klar, dass sie erst ein paar Monate alt sind, oder?"

Melanie deutete auf Freya. „Aber wenn sie sich in einen Drachen verwandelt, wette ich, dass meine Tochter sie bewundern wird. Zumindest ein oder zwei Minuten lang. Und vielleicht wird sie das davon überzeugen, dass sie nicht die stärkste kleine Drachenwandlerin ist, die jemals auf der Erde gewandelt ist."

Tristan grunzte. „Wahrscheinlicher ist, dass sie dadurch auf dumme Ideen kommt."

Melanie winkte das mit einer Hand ab. „Ich

bezweifle, dass sie in der Lage ist, dem Instinkt zu trotzen und ihren Drachen hervorzuholen."

„Sie ist halb menschlich, also ist alles möglich. Schließlich hast du allen Erwartungen widersprochen. Ich bin sicher, dass unsere Kinder dasselbe tun werden."

„Und ist das eine schlechte Sache?"

Tristan seufzte. „Es bedeutet nur, dass Ärger kommen wird."

Während Melanie und Tristan weiter stritten, lächelte Arabella und blickte zu ihrem Vater. Er summte eine Melodie, während er Declan ein Bäuerchen machen ließ und begegnete ihrem Blick. Er nickte, und Arabella erwiderte die Geste.

Alle Zeichen deuteten darauf hin, dass ihr Vater sich entschieden hatte zu kämpfen. Und wenn Finn einen Weg finden könnte, ihn langfristig bleiben zu lassen, könnte ihre Familie vielleicht wieder wachsen.

Und bei Arabella, die einst fast keine Familie gehabt und gedacht hatte, sie würde allein sterben, hob das die Stimmung. Sie würde ihre Mutter nie wiedersehen oder Finns Eltern treffen, aber sie hätte immer jemanden, der sie liebte.

Kapitel Dreizehn

Fergus MacKenzie starrte Ginas schlafendes Gesicht an und konnte nicht aufhören zu lächeln.

Seine Gefährtin trug sein Kind.

Er hatte keine Ahnung, wie viele Tage vergangen waren, aber mehr als genug, um seinen kleinen Menschen zu erschöpfen. Seit sein Drache ihm mitgeteilt hatte, dass sie seinen Duft trug, was bedeutete, dass sie schwanger war, wollte Fergus sie an sich ziehen und festhalten.

Aber sie verdiente etwas Schlaf, nach den vielen Malen, die er und sein Drache sie genommen hatten, also ließ er sie ruhen.

Sein Tier gähnte. *Du musst dir um den Rausch keine Sorgen mehr machen. Wenn du sie an dich ziehst, schläft sie wahrscheinlich einfach wieder ein.*

Ich möchte das nicht riskieren.

Ginas erschöpfte Stimme füllte den Raum. „Ich

spüre, wie du mich anstarrst, Fergus." Sie öffnete die Augen. „Stimmt was nicht?"

Er fuhr mit einem Finger über ihre Wange und antwortete: „Alles gut, Mädel. Der Rausch ist vorbei, und du brauchst Ruhe."

Gina setzte sich selbstbewusst auf, nicht schüchtern wegen ihrer Nacktheit. Fergus sollte ein Gentleman sein, aber er konnte nicht anders, als auf ihre herrlichen Brüste zu schauen.

„Fergus." Er begegnete ihrem Blick, und sie runzelte die Stirn. „Was meinst du damit, der Rausch ist vorbei?"

Er hob die Hand und spielte mit ihrem Nippel. „Du trägst meinen Duft, was bedeutet, dass du mein Kind trägst."

Sie schlug seine Hand weg und legte ihre auf ihren Bauch. „Ich bin schwanger?"

„Aye." Er legte seine Hand auf ihre. „Es tut mir leid, dass es so kurz nach dem kleinen Jamie ist, Mädel. Aber ich bin auch froh, dass ich mir keine Sorgen mehr um das hier machen muss."

Er zog sie an sich und drückte sie.

Viele nahmen den einfachen Akt, eine geliebte Person zu halten, für selbstverständlich. Fergus hatte ihnen jedoch wochenlang diesen Luxus verweigert, daher schloss er die Augen und genoss die Wärme seiner Frau an sich.

Er küsste Ginas Kopf und murmelte schließlich: „Ich liebe dich, Gina."

Sie kuschelte sich an seine Brust. „Ach,

Fergus! Ich liebe dich auch. Und ich hoffe, du weißt, dass ich für eine Weile an deiner Seite kleben werde. Ich habe meinen Drachenmann so vermisst."

„Du hast nur eine halbe Stunde geschlafen, Liebes."

Sie versetzte ihm einen Schlag auf die Brust. „Du weißt, was ich meine. Vielleicht sollte ich Jane Hartleys Ausdruck ‚Drachenknuddeln' verwenden." Sie lehnte den Kopf zurück und sah ihm in die Augen. „Versprich mir, dass du von jetzt an öfter auf mich hörst. Mir ist Sicherheit genauso wichtig wie jedem anderen, aber wenn du versuchst, mich wieder auszuschließen, gehe ich. Ich möchte, dass du offen und ehrlich zu mir bist, aber auch meinen Beitrag schätzt."

Sein Drache grunzte. *Wage es ja nicht, sie zu verlieren.*

Er ignorierte sein Tier, berührte ihr Gesicht mit den Händen und suchte ihren Blick. „Ich habe einfach den Gedanken gehasst, dich zu verlieren, Mädel. Ich weiß, die Ärzte sagten, du hast die Geburt leichter überstanden als jeder Mensch, den sie zuvor mit einem Drachenwandlergefährten gesehen haben, aber das bedeutet nicht, dass du unbesiegbar bist."

„Ach, Fergus! Ich werde nirgendwohin gehen. Schließlich, wenn ich dich allein damit ließe, unsere Kinder großzuziehen, dürften sie nie wie normale Kinder rennen und spielen."

„Natürlich könnten sie das tun, vorausgesetzt, sie hätten mehrere Aufpasser dabei."

Sie lachte. „Siehst du? Deshalb muss ich die Entbindung überleben. Ich muss mit deinen Geschwistern was aushecken, um für mehr Spaß zu sorgen." Sie hob eine Hand und fügte hinzu: „Spaß mit einigen Einschränkungen. Ich bin nicht wie dein Bruder Fraser."

„Ich bin sicher, Fraser wird sich ändern, sobald er Vater ist." Er küsste Gina vorsichtig. Als er sich schließlich zurückzog, sagte er: „So sehr ich Jamie auch vermisse, ich wünschte, ich könnte noch eine Woche allein mit dir haben, um einander zu genießen. Ich habe mein Mädel auch vermisst. Nicht nur das Körperliche, sondern auch einfach mit dir zu reden."

Gina näherte sich und nahm seine Lippen in einem langsamen, anhaltenden Kuss. Als sie ihn unterbrach, tanzte ihr heißer Atem gegen seine Lippen. „Wir werden einen Weg finden, um ein wenig Zeit allein zu haben, bevor unser zweites Kind geboren wird. Aber im Moment sollten wir wahrscheinlich sehen, wie es allen anderen geht. Immerhin könnte Holly inzwischen entbunden haben."

„Und niemand ist reingestürzt, um es uns zu sagen?"

Sie hob die roten Brauen. „Und wenn sie es versucht hätten?"

Er seufzte, weil Gina recht hatte. Er hätte sie

sofort rausgeworfen. „Guter Punkt." Nach einem weiteren Kuss schlang er einen Arm um eine von Ginas Schultern und öffnete die kleine Schublade im Nachttisch neben ihrem Bett. Nachdem er sein Handy rausgeholt hatte, sah er seine Gefährtin an. „Ich möchte nur überprüfen, ob alles in Ordnung ist. Ist das okay, Mädel?"

Gina verdrehte die Augen. „Ich bin keine zarte Blume, die jede Sekunde deiner Aufmerksamkeit erfordert. Ich werde mich weiterhin an meinen Drachenmann kuscheln, während du sicherstellst, dass es unseren beiden Familien gut geht. Ich vertraue darauf, dass unser Sohn sich mittlerweile besser benimmt als meine Schwester. Wenn sie nicht aufpasst, wird sie noch einen Streit unter den jüngeren Drachenmänner auslösen."

Fergus schaltete sein Handy an und grunzte. „Ich habe versucht, deiner Schwester zu sagen, dass es nicht klug ist, mit jedem Drachenmann zu flirten, der in ihre Richtung sieht. Aber sie stellt entweder auf taub oder genießt die Aufmerksamkeit."

Gina seufzte. „Sie hat es immer genossen, Aufmerksamkeit von Männern zu bekommen. Ich hatte gehofft, Finn würde ihr einen persönlichen Lehrer zuweisen, der ihr etwas über das Verhalten von Drachenwandlern beibringt, und dass ihr das helfen würde, die Probleme zu verstehen, die sie damit verursachen könnte. Leider hat Finn viel um die Ohren."

„Ich werde dafür sorgen, dass das eher früher als

später passiert." Sein Telefon ging an, und er klickte auf seine Nachrichten. Es gab welche von jedem Mitglied seiner Familie, und mehr als das.

Nachdem er die erste gelesen hatte, erstarrte er. Gina blickte in sein Gesicht. „Was ist los?"

„Fraser und Holly haben Zwillingsmädchen."

Sie tätschelte seine Brust und antwortete: „Gut. Freya könnte ein paar Cousinen gebrauchen. Aber ich spüre, dass da was ist, das du mir nicht erzählst."

Fergus erzählte ihr die Geschichte, dass Zwillingsfrauen Glück brachten und Veränderungen herbeiführten, bevor er hinzufügte: „Ich bin mir nicht sicher, ob Fraser es hochspielen und die ganze Aufmerksamkeit aufsaugen wird, oder ob er seine Kinder einsperren und aus jeder Gefahr raushalten wird."

„Keine Sorge, ich bin sicher, dass wir alle dabei helfen können. Faye wird nur noch entschlossener dafür sorgen, dass seine Babys in Schwierigkeiten geraten, und ich kann ihr helfen."

Fergus hob eine Braue. „Ich bin mir nicht sicher, ob du dich auf diesen lebenslangen Krieg der Streiche und Tricks einlassen willst."

„Ach, komm schon. Ein bisschen Spaß ist doch nicht verkehrt. Als Kind warst du auch so, wie deine Mutter sagt." Sie legte ihren Kopf auf Fergus' Schulter, und sie saßen ein paar Minuten schweigend da, bevor sie wieder sprach. „Ich merke, dass du sie vermisst, Fergus. Wie wäre es, wenn wir duschen und sie besuchen? Und nicht nur, weil ich unseren Sohn vermisse. Ich vermisse alle."

„Sie werden einen Wirbel um dich machen, Mädel. Sei darauf vorbereitet."

„Mehr als sie es ohnehin bereits tun?"

„Vielleicht nicht ganz so viel, aber schon ziemlich."

Sie grinste ihn an. „Ich könnte es auch ein bisschen hochspielen und sehen, wie weit sie gehen werden."

Die Falten um ihre Augen, wenn sie lächelte, brachten sein Herz zum Stolpern, und er vergaß ihre Unterhaltung. „Du bist so schön."

Sie sah ihm in die Augen. „Du hattest mich schon viele Male. Komplimente sind nicht nötig, um mir an die Wäsche zu gehen."

Er fädelte die Finger einer Hand durch ihr Haar. „Ich meine es so, Gina. Du bist schön."

„Und du bist selbst auch ein ganz guter Fang." Sie streichelte vorsichtig seine nackte Brust. „Wie wäre es, wenn wir eine lange Dusche nehmen und dann rausgehen?"

„Du musst Schmerzen haben, Mädel. Ich helfe dir beim Waschen und verspreche, dich in Ruhe zu lassen."

„Ich will dich, Fergus. Nach so vielen anstrengenden Monaten will ich die Chance, es langsam anzugehen. Vielleicht kann ich dich sogar dazu bringen, einmal in meinem Mund zu kommen."

Sein Drache knurrte *Ja*.

Bevor er antworten konnte, schlüpfte Gina aus dem Bett und blickte über ihre Schulter. „Es ist deine Entscheidung, Drachenmann. Aber jetzt ist es an der Zeit zu beweisen, dass du mir zuhörst. Denn jetzt will ich dich. Ende der Geschichte."

Als Gina durch das Zimmer und in das angeschlossene Bad schlenderte, zögerte Fergus nicht, aus dem Bett zu steigen und ihr zu folgen.

Schließlich durfte er seine Frau nicht enttäuschen. Wenn sie sagte, sie wollte seinen Schwanz lutschen, war er nur allzu glücklich, dem zu willfahren.

Natürlich hatte Fergus selbst auch ein paar Überraschungen für sie. Und er dachte nicht, dass sie sich beschweren würde.

Kapitel Vierzehn

Finn musterte die vierzehn Erwachsenen und sechs Kleinen, die sich um Tante Lornas Esstisch Seite an Seite drängten, und entschied, dass er für zukünftige Familienessen vielleicht die große Halle benutzen musste.

Sein Drache schnaubte. *Als würde Lorna es tolerieren, irgendeine andere Küche als ihre eigene zu benutzen.*

Als Fraser ihn auf einer Seite versehentlich mit dem Ellbogen anstupste und Arabella dasselbe auf der anderen tat, seufzte er innerlich. *Sie hat vielleicht keine andere Wahl. Ich glaube, nicht einmal ein Doppeldecker-Esstisch würde ausreichen.*

Dann soll Fraser eine Erweiterung des Hauses entwerfen. Ich bin sicher, dass jeder sich am Bau beteiligen würde.

Tante Lorna trat schließlich mit Ross auf den Fersen ein und stellte den Braten auf den Tisch. „Es ist keine ganze Kuh, also muss das reichen. Das heißt: Das Fleisch wird nicht verschwendet!"

Ross stellte eine riesige Schüssel Kartoffeln neben den Braten. „Mehr noch, die Kleinen sollten nicht auf die Idee kommen, sie könnten ihr Essen für was anderes als zum Essen verwenden. Vielleicht hat ja die nächste Generation Tischmanieren."

Tristan bemerkte: „Vielleicht sollten wir unsere Kinder beim nächsten Mal nicht mitbringen."

Arabella meldete sich zu Wort. „Willst du, dass sie allein wegfliegen oder vielleicht ein paar Brötchen werfen? Ich denke, Essen zu werfen ist das kleinere Übel."

Fraser warf ein Brötchen in die Luft und fing es. „Außerdem gibt es eine Strategie. Sogar Faye weiß das."

Faye schmiegte sich an Grants Seite. „Aye, du wirfst nur, was du auch zu verlieren bereit bist. Ich bin überrascht, dass Mum das über die Jahre nicht verstanden hat. Denn weniger Essen würde auch weniger Kämpfe bedeuten."

Lorna legte eine Hand an die Hüfte. „Das habe ich schon verstanden, als du kaum aus den Windeln raus warst, Faye Cleopatra. Aber wie Ara bereits sagte, ich habe lieber ein bisschen Ärger in meinem Haus als dumme Expeditionen über den Ärmelkanal oder so einen Unsinn."

Fergus lachte leise, einen Arm um Gina an seiner Seite, und seine Finger zeichneten träge Muster auf ihren Bizeps. „Wir haben ein paar Abenteuer, von denen du nichts weißt, Mama. Vielleicht werden wir dir eines Tages davon erzählen."

Gina ließ den kleinen Jamie auf ihrem Schoß hüpfen. „Außerdem müssen wir uns vielleicht keine Sorgen mehr um zu viel Essen machen, wenn alle Jungs erwachsen sind. Declan und Grayson essen jetzt schon doppelt so viel wie der kleine Jamie hier. Wenn Faye und Grant auch Zwillingsjungen bekommen, dann gibt es definitiv weniger Essen zu vergeuden."

Faye hob ihre Brauen. „Rede die Mädel nicht so klein. Normalerweise esse ich mehr als Fergus oder Fraser. So, wie diese Familie wächst, werden wir schon bald jedes Essen hungrig verlassen, es sei denn, Mum sammelt für ihre Lebensmittelrechnungen."

Lorna öffnete den Mund, aber Chase McFarland – Grants jüngerer Bruder – grinste und kam ihr zuvor. „Dann sollten wir vielleicht im Voraus planen und Munition mitbringen. Dann können wir essen und ein wenig Spaß haben, ohne Tante Lornas köstliche Speisen zu verschwenden."

Chase lächelte Lorna an, und Finn sah zu Grant. Sie tauschten einen Blick aus – Chase flirtete fast genauso schlimm wie Ginas Schwester Kaylee. Nur gut, dass sie sie an gegenüberliegende Seiten des Tisches gesetzt hatten, sonst hätte Finn vielleicht angefangen, die Augen ununterbrochen zu verdrehen bei ihrem ständigen Geplapper.

Grants und Chase' Mutter Gillian seufzte.

„Chase, wir sind Gäste in Lornas Haus. Schlag nicht vor, Essen mitzubringen, um es herumzuwerfen."

Chase zuckte mit den Schultern. „Ach, komm schon, Mum. Du lachst mit allen anderen, also brauchst du keine Formalitäten und Manieren vorzuspielen."

Gillian öffnete den Mund, aber eine von Frasers Töchtern fing an zu weinen. Holly sagte zu ihrem Gefährten: „Bring Summer in den Flur, um sie zu beruhigen."

Mit einem Seufzen stieß Fraser seinen Stuhl zurück und schaffte es, sich aus dem Stuhl zu quetschen, sogar mit einem winzigen Neugeborenen in den Armen. Als er draußen war, lächelte Holly. „Ich glaube, unsere Töchter sind auf meiner Seite. Das sollte bei dem Wahnsinn helfen, Lorna."

„Aye, nun, das werden wir sehen." Sie sah zu Ross. „Kannst du schneiden? Ich bin erledigt und will nur essen und eines meiner Enkelkinder knuddeln."

Ross nahm Messer und Gabel, drehte sie aber um und hielt sie George MacLeod hin. „Ich denke, George sollte das tun. Ich bin erschöpft davon, den ganzen Tag über zwanzig Pfund Kartoffeln rumgeschleppt zu haben."

Alle Augen wandten sich zu George. Einen Moment lang bewegte sich der Mann nicht und sagte auch nichts. Dann versuchte er, sich hochzustemmen, aber mit dem überfüllten Tisch schaffte er es nicht.

Finn wollte gerade schon den Sohn in seinem Schoß abgeben und ihm helfen, aber Gillian McFarland, die neben George saß, stand zuerst auf.

Sie bot ihm ihren Arm an. Ein paar Sekunden lang tat George nichts. Dann nahm er schließlich Gillians Hilfe an und schaffte es aufzustehen.

Er murmelte: „Danke."

„Jederzeit gern", sagte Gillian mit einem Lächeln.

Die beiden starrten einander einen Augenblick lang an und tauschten ein Verständnis aus, das Finn nicht entschlüsseln konnte.

Dann lehnte sich George zur Unterstützung gegen den Tisch, ließ Gillians Arm los und nahm die Utensilien von Ross.

Während er den Braten schnitt, stupste Arabella Finn in die Seite. Er sah ihr in die Augen. Bei dem Glück und der Hoffnung, die er dort sah, schwoll sein Herz an.

Auch wenn Freyas Zukunft noch ungewiss sein mochte, ebenso wie die ihrer Jungs oder sogar George MacLeods, Arabella war in diesem Moment glücklich.

Und für Finn war das die schönste Sache der Welt. Es brachte ihn nur dazu, härter arbeiten zu wollen, damit sie so blieb. Er war sich nicht sicher, wie er das anstellen würde, aber für die Möglichkeit, dass sie lächelte und lachte, wollte er sein Bestes geben. Arabella war ein kostbares Geschenk, das er nie für selbstverständlich annehmen würde.

Epilog

Ein paar Wochen später

Arabella sah auf ihre drei schlafenden Kinder hinunter und wünschte sich, ihre Füße würden sich bewegen. Sie hatte jedem einen Abschiedskuss gegeben und fünfmal überprüft, dass Lorna und Ross genug Vorräte für die Nacht hatten.

Ihr Drache meldete sich zu Wort. *Es ist okay. Freya wandelt nur, wenn du oder Finn in der Nähe seid. Ich glaube nicht, dass sie das Muster jetzt ändern wird.*

Und wenn doch?

Sie haben ein paar von Dr. Sids experimentellen Medikamenten. Und selbst wenn das scheitert, wird Layla ein verdünntes

Drachenschlafmittel verwenden. Freya wird nicht *wild werden.*

Lorna an ihrer Seite meldete sich zu Wort. „Es ist in Ordnung, Kind. Ich weiß, was ich tue. Außerdem verdient du und Finn eine kleine Pause. Da dein Vater gerade Melanie, Tristan und ihre Zwillinge besucht, hast du keine Entschuldigung, nicht ein bisschen Zeit mit deinem Gefährten zu genießen."

Arabella zögerte, und ihr Tier seufzte. *Sie hat recht. Außerdem, es ist schon viel zu lange her, seit wir unseren Gefährten das letzte Mal hatten. Wir sind geheilt und bereit. Und ich will sehen, was er als Überraschung geplant hat.*

Sie berührte nacheinander den Kopf jedes ihrer Kinder. „Seid lieb für Mummy und hört auf eure Großmutter."

Ihre Drillinge schliefen weiter.

Ein Teil von ihr wollte, dass sie einen Wirbel wegen ihrer Abreise veranstalteten, aber ein anderer Teil freute sich über Lornas Hilfe.

Lorna berührte ihren Arm. „Geh und sieh dir an, was Finn für dich geplant hat, Mädel."

„Du weißt, was es ist?"

„Ein wenig. Aber ich möchte die Details lieber nicht kennen."

Lornas Worte reizten ihre Neugier. Nachdem sie ihre Babys noch ein paar Sekunden länger angestarrt hatte, wandte Arabella sich zur Haustür. „Ruf uns an, wenn irgendwas ist. Es ist mir egal, ob Finn als Teil seiner Überraschung die menschliche britische

Königin in unser Haus geholt hat, meine Babys kommen an erster Stelle."

Lorna schob sie lächelnd zur Tür. „Aye, ich weiß. Aber es wird uns gut gehen. Faye und Grant sollen morgen früh auch vorbeikommen, um zu helfen."

Arabella atmete tief durch und nickte. „Danke, Tante Lorna. Ich werde morgen Nachmittag wieder hier sein."

„Lass dir Zeit, Kind."

Damit verließ Arabella Lornas und Ross' Cottage und lief zügig auf ihr eigenes zu.

Mit jedem Schritt wurde ihre Sorge stärker durch eine andere Emotion verdrängt – Nervosität. Finn hatte Geduld mit ihr gehabt, obwohl der Arzt Arabella schon vor zwei Wochen wieder Sex erlaubt hatte. Sie sehnte sich nach ihrem Gefährten, aber Drillinge zu tragen und zu gebären hatte ihren Körper verändert. Sie hoffte, Finn wäre nicht enttäuscht.

Ihr Drache schnaubte. *Natürlich nicht. Er liebt uns so, wie wir sind.*

Arabella ignorierte ihren Drachen und erreichte schnell ihr Zuhause. Doch sobald sie die Haustür sah, blieb sie stehen und blinzelte.

Das riesige Bild eines Kätzchens mit Regenbogen dahinter war an die Tür geklebt.

Erinnerungen daran, wie sie zusammengekommen waren, stürzten auf sie ein, und sie lächelte. Finn hatte einmal gedroht, einen Haufen Regenbogenkätzchen auf ihrer Stufe zu lassen.

Das war vor weniger als einem Jahr gewesen, und doch es schien ein Leben lang her zu sein. Zwischen damals und jetzt war so viel passiert.

Die Neugierde übernahm, und sie vergaß ihre Nervosität. Arabella erreichte die Tür und trat in das Haus ein.

Statt mehr Regenbogen und Kätzchen, war da ein riesiges, rosafarbenes Einhorn, das vom Boden aus zu ihr auf lächelte.

Noch eine Sache, mit der Finn ihr gedroht hatte. Nun, wenn drohen das richtige Wort war. Obwohl Arabella Rosa verabscheute, vielleicht war es also doch das richtige.

Als sie das Stofftier hochnahm, bemerkte sie Heidekrautzweige auf dem Boden, die die Treppe hinaufführten.

Instinktiv berührte sie ihre Brust, wo Finn in ihren frühen Tagen Heidekraut festgesteckt hatte. Sie hatte es damals nicht gewusst, aber das hatte alle in Lochguard wissen lassen, dass sie Finns wahre Gefährtin war.

Oben auf der Treppe war ein Bild auf einem Ständer, von ihr und Finn am Paarungstag. Auf einem anderen Ständer war ein Foto von Finn und ihren Drillingen im Geburtsraum. Dann standen dort der Reihe nach Bilder der Tattoos ihrer Babys.

Sie hielt an der nächsten Reihe von Fotos an – gerahmte Fotos von Finns Eltern und ein weiteres von ihrer Mutter und ihrem Vater. Arabella hatte keine Ahnung, wie er das Bild ihrer Eltern gefunden hatte, da es vor über einem Jahrzehnt aufgenommen worden war. Aber als sie über den Rahmen strich, versuchte sie, nicht zu weinen. Es schien, als hätte sie nun ihre ganze Familie, Vergangenheit und Gegenwart, um sie stolz in ihrem riesigen Stammbaum im Wohnzimmer zu zeigen.

Nach ein paar Sekunden zwang sie sich weiterzugehen und erreichte schließlich ihre Schlafzimmertür. Sie war geschlossen, und ein großes Papier mit einem schwarzen Fragezeichen war daraufgeklebt.

Sie stellte das Einhorn auf den Boden und betrat den Raum.

Finn lag auf dem Bett, ein Kilt um seine Hüften und sonst nichts.

Sie nahm sich einen Moment Zeit, um Finns muskulöse Brust und Arme zu bewundern, bevor sie sein Gesicht erreichte.

Er grinste sie an. „Gefällt dir, was du siehst, Mädel?"

„Ich hatte erwartet, dass du eine Rose zwischen deinen Zähnen hast."

„Ich habe dir nie eine Rose gegeben, das hätte das Thema ruiniert."

Auch wenn sie es genoss, mit ihrem Gefährten zu scherzen, lächelte Arabella, als sie sich an alles erinnerte, was Finn auf dem Weg platziert hatte. „Ich fasse es nicht, dass du dich an all die kleinen Details erinnerst."

Er setzte sich auf. „Aye, natürlich tue ich das. Ich

erinnere mich an alles, was mit dir zu tun hat, Liebes." Er streckte ihr seine Hand entgegen. „Komm! Ich habe weitere Überraschungen für dich."

Sie tat, worum er sie gebeten hatte. „Lass mich raten: du nackt und in mir?"

„Alles zu seiner Zeit." Er hob ihre Hand an seine Lippen und küsste ihre Haut. „Zuerst muss ich sicherstellen, dass du verstehst, wie sehr ich dich will, Mädel."

Er manövrierte sich so, dass er mit gespreizten Beinen dasaß, dann zog er Arabella, dass sie sich dazwischen stellte. „Zieh dich für mich aus, Liebes."

Kaum hatte sie ihr Oberteil entfernt, lehnte Finn sich nach vorn und küsste ihren Bauch. Die Bewegungen seiner Zunge sandten Wärme direkt zwischen ihre Oberschenkel.

Er lachte, und die Vibration machten sie nur noch feuchter.

Seine Stimme war rau, als er sagte: „Es ist gut zu wissen, dass du mich selbst nach den Strapazen der Entbindung immer noch willst, Mädel."

Sie fuhr mit den Fingern durch sein blondes Haar und antwortete: „Ich werde dich immer wollen, Finn. Selbst wenn dir ein seltsamer Widerhaken auf deinem Penis wächst."

„Ich will gar nicht wissen, woher diese Idee kommt."

Sie lächelte. „Ich habe eben eine rege Fantasie."

„Ach, hast du? Möchtest du vielleicht was von dieser Fantasie mit deinem Gefährten teilen?"

„Oh, ich habe eine Menge zu teilen. Aber später." Sie trat zurück und zog sich zu Ende aus. Das Verlangen, das in Finns Augen brannte, gab ihr den Mut, es so schnell wie möglich zu tun.

Als sie fertig war, trat sie zurück zwischen seine Beine und warf seinen Kilt hoch. Sie nahm seinen harten Schwanz in die Hand und streichelte ihn ein paarmal. „Ich möchte dich zuerst in mir haben. Dann können wir einander necken und spielen."

Als sie sich rittlings auf Finns Oberschenkel setzte, wanderten seine Hände zu ihren Hüften. Seine Augen wichen nicht von ihren. „Nimm dir, was du willst von mir, Mädel. Ich gehöre dir, immer."

Für einen Augenblick konnte Arabella nicht glauben, dass Finlay Stewart ihr Gefährte war. Aber dann meldete sich ihr Drache zu Wort. *Natürlich ist er das. Er kann von Glück sagen, dass er uns hat.*

Finn rieb seine Daumen über die Haut ihrer Hüften und sagte: „Sag deinem Drachen, er kann mich später haben. Im Moment gehöre ich dir, Arabella."

Sie hob ihre Hüften, positionierte Finns Schwanz an ihrem Eingang und ließ sich langsam hinab. Sie war froh, dass sie Verhütung benutzte, denn sie liebte es, seine lange, harte Länge zu spüren, als sie ihn aufnahm.

Sobald sie ihn bis zum Anschlag in sich hatte, beugte sie sich vor und knabberte an seinem Kiefer. „Dann nimm mich, Finn, und zeig mir, wie sehr du mich liebst."

Mit einem Knurren drehte Finn sie um und drückte eines ihrer Beine zurück. „Wenn ich fertig bin, wirst du nie mehr daran zweifeln, wie viel du mir bedeutest."

Finn nahm ihre Lippen in einem groben Kuss. Als er seine Hüften bewegte und ihren Mund verschlang, vergaß Arabella alles außer ihrem Gefährten – den starken, wunderbaren Mann, der sie zum Lachen brachte und sie so sehr schätzte, wie es nur ein Drachenmann konnte.

Als sie seinen Namen schrie, diente das auch als Erinnerung an die Welt, dass Finn ihr wahrer Gefährte, Partner und die Liebe ihres Lebens war. Egal, was in der Zukunft passierte, sie würden einander haben. Und es gab nichts, was sie nicht gemeinsam angehen konnten.

Die Entdeckung des Drachen

Lochguard Highland Drachen #6

Das Ministerium für Drachenangelegenheiten schickt Dr. Kiyana Barnes mit einer Gruppe Menschenfrauen nach Lochguard, die offen für Drachengefährten sind. Sie soll ihnen dabei helfen, sich an die Gegenwart von Drachenwandlern zu gewöhnen, und gleichzeitig beobachten, wie der Clan tagtäglich funktioniert. Sie sollte definitiv nicht bemerken, wie der Blick von einem bestimmten Drachenwandlerlehrer ihre Haut in Brand setzt, geschweige denn, ihn in einem schwachen Moment bitten, sie zu küssen, angesichts ihrer Vergangenheit.

Alistair Boyd verbringt die meiste Zeit in den Archiven des Clans und sucht nach einer Lösung, um das Versprechen einzuhalten, das er sich selbst vor drei Jahren gegeben hat. Als sein Clanführer ihm jedoch befiehlt, die neueste Gruppe von Menschen zu unterrichten, die nach Lochguard gekommen ist, hat er keine andere Wahl, als seiner Clanpflicht nachzugehen. Eine der Frauen fällt ihm ins Auge, aber er versucht, ihr zu widerstehen. Schließlich hat er ein wichtiges Gelübde abgelegt. Eines, das beinhaltet, sich von Frauen fernzuhalten, bis es vollendet ist.

Ein schwacher Moment führt zu einem Kuss, der sowohl Kiyanas als auch Alistairs Leben für immer verändert. Unglücklicherweise bedeutet ein Clannotstand, dass Alistairs Drachen länger schweigen muss, als er möchte. Wird Alistairs Pflicht dem Clan gegenüber seinen Drachen am Ende verletzen und die Frau wegstoßen, die seine zweite Chance ist? Oder wird er schneller als vorgesehen fertig sein und alles haben, von dem er nicht einmal gewusst hatte, dass er es wollte?

Skyhunter gewinnen

Stonefire Drachen Universum #1

Mehr als ein Jahrzehnt lang hat Clan Skyhunter unter einem grausamen, machthungrigen Führer gelitten, der alles darangesetzt hat, um seine eigene Agenda voranzutreiben. Schließlich jedoch wurde er bei einem illegalen Skandal erwischt und landete im Gefängnis, daher ist der Drachenwandler-Clan im Süden Englands jetzt bereit für einen neuen Anführer. Und so beginnen die Prüfungen …

Asher King war unter dem ehemaligen Clan-Führer eingesperrt worden, weil er sich gegen dessen Grausamkeit ausgesprochen hatte. Jetzt wieder frei, will er den Wettkampf gewinnen und seinen Clan in eine bessere Zukunft führen. Doch da er der Neffe des ehemaligen Anführers ist, ist das nicht einfach, und wenn dieses Hindernis nicht schon hoch genug ist, erholt er sich immer noch von der Folter, die er ertragen musste, während er inhaftiert war.

Trotzdem ist er entschlossen, zu gewinnen, damit sein Clan nicht von den Menschen aufgelöst wird, auch wenn das bedeutet, gegen seine Ex-Freundin anzutreten und zu leugnen, wie sehr er sie immer noch will.

Honoria Wakeham, gerade erst von ihrem Aufenthalt in Amerika zurückgekehrt, stellt sich als Kandidatin für die Führung des Clans auf. Nicht jeder befürwortet eine Frau als Teilnehmerin, aber das macht ihr nichts aus. Der alte Clan-Anführer hat ihre Eltern getötet, und um vollständig zu heilen, will sie den Clan zusammenbringen und seine Praktiken ins einundzwanzigste Jahrhundert befördern. Womit sie nicht gerechnet hat, ist, Asher King zu treffen, den Mann, den sie vor über einem Jahrzehnt geliebt hat, bevor sie weggeschickt wurde, um in Sicherheit bei ihren amerikanischen Verwandten zu leben.

Es dauert nicht lange, bis Asher und Honoria ihrer Anziehung nachgeben, und dem entspringt eine Idee, die vielleicht die beste von allen ist. Können sie die Führungsprüfungen gewinnen und ihren Clan zusammenhalten? Oder wird einer der anderen Kandidaten gewinnen und versuchen, Skyhunter in der Vergangenheit zu halten?

Über die Autorin

Jessie Donovan hat mehr als eine halbe Million Bücher verkauft, Hunderttausende weitere kostenlos an ihre Leser*Innen verschenkt und es sogar auf die Bestsellerlisten der *NY Times* und *USA Today* geschafft. Sie ist vor allem für ihre Drachenwandler-Serie bekannt, schreibt aber auch über Elfenhexen, Vampire, Alien-Krieger und hat sogar eine verrückt-komische Liebesromanreihe aufgelegt, die in Schottland spielt. Wenn sie nicht gerade ein Buch liest, auf ihrem Laufband joggt oder mit nur wenigen Groschen in der Tasche durch ein fremdes Land reist, findet man sie oft auf Facebook oder TikTok, wo sie mit ihren Lesern interagiert. Sie lebt in der Nähe von Seattle. Dort regnet es zwar oft, doch der Regen macht auch alles grün.

Besuchen Sie ihre Website unter: www.JessieDonovan.com

Impressum

Dies ist eine erfundene Geschichte. Namen, Charaktere, Orte und Vorfälle sind entweder ein Fantasieprodukt der Autorin oder werden fiktional verwendet. Jegliche Ähnlichkeit mit Personen, ob lebend oder tot, Firmen, Ereignissen oder Orten ist rein zufällig.

Die Drachenfamilie
Englisches Copyright © 2018 Laura Hoak-Kagey
Deutsches Copyright © 2025 Laura Hoak-Kagey
Deutsche Übersetzung von Anna Drago und Katrin Dolle
Mythical Lake Press, LLC
www.JessieDonovan.com

Cover-Art von Laura Hoak-Kagey von Mythical Lake Design

ISBN: 979-8891560475